我 敢

刘若英　　在 你 怀 里

独白／对白　　孤 独

上海人民出版社

我敢文在你懷裡孤揭

我敢

在你怀里

孤独

目 录

【对谈篇】

Dare to be
lonely in someone
else's arms

推荐序 全在一杯里

张嘉佳

一个人身上会有很多标记，却又不停转移，如同季节轮换，看起来周而复始，其实一春有一春的花，凋零和生长层层累积出现在的样子。自己很难知道，别人用目光雕琢出来的你，如今是什么容颜。

但这些并不重要，我们终将明白，失去和收获相加，才是完整的。即使看不见的部分，消失并不代表离开。皱纹的含义，是青春加上衰败，并非单纯的老去。

一刀痕迹，一个谜语。当下不是真相，全部才叫事实。

没什么刻意抛弃你，好比没什么刻意挽留你。

到了路口，你就该和自己分道扬镳了。你要劝他，别哭，最多只能到这了。跟他说，别乱跑，这儿很好，可以看到日出，看水塘边的芦苇，看天空画的涟漪。你把好吃的塞给他，所有的日记和明信片放进书包，挂在他肩膀。住在记忆里的人会陪着他。那么，你该走了，别回头，前面还有新的路口。

面对镜子，望见现在的你。但在时间长廊中，每个路口停步的你，无数的你，贯穿到尾声，故事像潮水般传递。最后一朵浪，依然带着第一朵的推力。

我喜欢刘若英，不是她某一个阶段，而是整场花开的过程。

读这本书，奶茶只有一杯，冷冷热热，醇醇淡淡，全在一杯里。

推荐序 孤独力——情感高度成熟的指标

王浩威

1

春天将尽的 4 月初，到台东一次短短的旅程，我携带着奶茶这本书的初稿，一路阅读。花东纵谷是辽阔的，天这么宽广，山这么高，整个人很快就被这世界拥抱了，我的阅读也不知不觉忘我了。

一个下午来到池上乡，也许是叫龙仔尾这类的小聚落，朋友带我们来这里看一间将改建成艺术家村落的废弃农舍。我一个人走到屋后的土垄，远远眺望过去是一片无尽的绿色稻田，刚刚插播的秧，在将雨午后的徐徐阵风中，像波浪般变化无穷地翻滚。我忽然有这么一刻出神了，好似离开了几个同行的伙伴，天地之间就只有自己一个人，而且是十分自在的一个人。

这样的时刻，也许客观上不到半分钟，然而对我的感觉却是好久好久的一段体验。

这样忽然就安静下来的感觉是许久不见了。以前，在较不忙碌的阶段，经常安排一个人的旅行，甚至还曾买环球机票一个人环游世界。当旅程途中经过漫长的独处后，也许是七八天，也许忽然地惊险终于度过而可以安心下来的时候，自己也经常进入这样的状态。在这样的状态，只想一直这样游荡下去，整个世界都不管。

这样的经验是我在对独处感到越来越自在的阶段开始出现的，而一个人的旅程只是让这情形更容易催化而已。

2

我们许多人，在成长的童年都曾经因为不同的原因，有着各种
不同的孤独经验。只是，那样的孤独是有一种被众神抛弃的悲伤，
一种无奈地啃噬自己伤口的感受。

然而我这里说的自在独处，却是不同的感觉。

我们也许受苦着这样的寂寞感受，在年轻的岁月里。只是忽然
之间，或早或晚地，我们其中的一些人开始感受到一切都无所谓
了。那些众神遗忘的眷顾，或别人指指点点的观看，不再有丝毫的
影响，连微风吹起水纹一般的力道都遥远了。这时候，一个人是一
个世界，一个暂时但存在的完整宇宙。

我到台东，读着奶茶的这本书《我敢在你怀里孤独》，一切就
像催眠一般，又将这许久以来因为忙碌而遗忘的感觉，再度召唤
出来了。

　　站在土垄远望稻田的那一瞬间，我想到很多，包括和奶茶对话的那个下午，在青田街附近的风流小馆。

　　我其实是不认识奶茶的，更说不上熟识。这样的对话也就远远在意料之外，只是当我们共同的朋友说，来一场对话如何？我刚好有空，加上天生的好奇心，也就欣然写上自己的行程了。

　　老实说，和奶茶那一天的聊天是很好玩的经验，但她的问题其实是很知性的，远远超出我的预期。风流小馆的主厨Dana也坐一旁，听得津津有味。

　　Dana较年轻，听奶茶的歌度过青春岁月，是粉丝级的。我却从没好好用心听过奶茶的作品，当然更讶异奶茶的许多想法。然而，连Dana这样粉丝级的，事后也说：难怪她自己那么喜欢奶茶。Dana的意思是，她更佩服奶茶了。

　　我自己确实是感谢奶茶这一本书的。

3

　　奶茶不只分享了自己对自己生命的许多感受和思考，也带领我窥见了许多创作状态的心灵，包括卢广仲、陈绮贞、林奕华、玛莎、宋冬野、石头、詹仁雄等等一群朋友。这些人大多是音乐创作者，也有剧场或制作人，甚至是偶像级了，却还是可以借由独处而继续拥有自己的天地。

　　创作是一件很奥秘的事，像中古的炼金术一样，在术士之间往往只能意会而不容易言传。而幸亏有奶茶，也许是身上同样流着蓝色小孩（Indigo Children）的血液，她成为很好的向导，让我们有机会看到这些创作者的神秘过程。

　　创作的奥秘不容易言说，但可以肯定的是，其中一个就是：创作一定是孤独的，是关于一个人如何存在的状态。

　　而孤独，似乎是奶茶最最关心的一件事：也许只是目前，也许长久以来都是如此。

那一个下午，我们说到孤独。

我提到了英国小儿科医师兼精神分析师温尼科特（Donald W. Winnicott，1896—1971）提出的独处观念。他在1957年发表的文章《独处的能力》（The Capacity to be Alone）将自在的独处和一般的孤独区分开来。

一般的观念里，孤独这个字让我们想到的是悲伤、无奈、无助……负面的情绪。然而温尼科特所讲的自在独处，特别是在别人面前还是可以留在自己的孤独里的能力，反而是一个人情感高度成熟的指标。

这个观念的影响力是很大的，甚至影响到心理学界以外的领域，而且是他的追随者都经常引用的。灵修大师奥修就曾引用这个观念，来阐释他心中的爱情。

奥修是这么说的："有独处的能力，才有爱的能力。这话听起来很吊诡，其实不然。这是一个既存的事实：只有那些有能力独处的人，才有能力去爱、去分享、去走入另一人内心的最深处——而不会出现急着占有对方、不会变成依赖对方、不会将对方限制成一个静物，也不会像着魔般地需要对方。两人于是允许彼此绝对的自由，因为知道即使对方离开了，自己还是可以一样的快乐。自己的快乐是不会被对方剥夺，因为快乐不是对方给了才有的。"

4

我一直在想，在台东池上那一漫长的片刻，究竟是如何发生的。

也许是我个人的，我在这半年多或更久以来的过度忙碌，忽略了对自己内在的倾听。于是，满溢出来的潜意识不必经由梦或其他，自然就在自己的意识中流泻而浮出了讯息。

也许是来自这样贴近泥土也贴近天空的环境力量，来自大地之母的温暖拥抱，呵护我照顾我，让我有这么一个美好的片刻，好似又回到了母性的怀抱。

但，更有可能的，是奶茶分享的一切，她的文字没什么花哨的字眼，也没有写任何煽情的故事。

奶茶的文笔只是顺着她的思考，她对生命世界的种种思考，自己的，还有别人的。而顺着这样的思考，我阅读着，在花东美丽的纵谷里，忽然一种愉悦的感觉就产生了。也许，在奶茶的自我疗愈过程时，我因为对这一切的阅读，也因此分享了这样的疗愈魔力。

在台东，崇峻的中央山脉耸立在西方，从高处眷顾着众生，而缓缓的海岸山脉自东方拥抱过来。就这样，当奶茶来自内心深处的真诚思考，开始唤起我们遗忘许久的感觉，好像一切被世俗生活逐渐抹灭的许多生命原始的感觉，都回来了。

那是我某个下午在台东的某一个小聚落的感受，也是我在台北市青田街一家叫风流小馆的法式 Bristo 里，在交谈中不知不觉出现的。

谢谢奶茶，以及她的这一本书，我因此有了一个未曾预期的丰富旅程。

自序 我敢在你怀里孤独

　　这几年对我来说，变化挺大。有新发现的人生，也有不适应的世界。有新学现卖的，也有我一辈子都不会懂的。

　　然而不管怎么变化，只要能安静坐下来写点心得，我都是沾沾自喜的。

　　单身时，一直想写一本书叫《练习一个人》。那个时候，常有朋友问我，如何让一个人的生活过得更有品质，过得有滋有味，甚至令人羡慕？（原来有人羡慕我！）确实，我对独处有点心得。但是，"懂得独处"和"能把孤独说得言之成理"，毕竟不是一回事。我始终没能好好跟他人分享我的心得。直到自己"脱单"，想再唠叨这事，却越想越怪了。

于是转个念，我就聊聊独处与相处的关系吧。这里指的相处，包含了一个人跟自己，也可以是两个人，或一个人和很多人。

我常常觉得，孤独感是与生俱来的，不会因为你是一个人，所以必定孤独，或因为有人相伴，所以圆满。孤独感对我来说并不意味着痛苦，那只是一种自己跟自己相处的状态。我希望我身边的人明白，孤独感是自生自灭的，不是因为他人导致。我这么说，一方面希望解除他人的心理负担，另一方面，是我想保有孤独的自由。我很珍惜这种自由。这就是为什么，我将这本书称为"我敢在你怀里孤独"。因为保有你，我感觉幸福，同时保有自己，所以能安心自由。

答应出版社要写书时，我还没有怀上孩子，到真正开始构思，我的身体已不是我一个人的，但我想完成这个计划的心情却愈发强烈。我开始邀朋友喝茶聊天，记录当时的对话与心境，直到收集成这本杂志书。我珍惜并感谢，这段时间，我能够同时创造新生命，并孕育出这一篇篇文字。这让我被友情围绕，同时感受自由。

　　谢谢陪我聊天的朋友，你们完全不过问我要做什么，约了时间就来。谢谢嵩龄、Ivy、如婷、亮亮，陪着我日趋涨大的身躯，满台北地跑。你们减轻我的负担与不适，同时"温柔地"提高我的效率。最后，谢谢一直纵容我的你、你，和你们……

　　我不确定这本怪书有什么价值，但 TA 一定很诚实。

我还想要继续，

这样矛盾的人生！

"不知道现在的我，会不会让曾经支持我的朋友们失望？"我躺在家的客厅里，手里拿着 iPad 玩着网络游戏，心里这样想。

这是我最近与自己独处的方式。完全没有营养的生活。正当我以为自己正陷入舒适的独处状态时，肚子里面忽然传来一阵"骚动"，也许是 baby 忽然转了一个身，或是冷不防地伸直了一下腿。这突如其来的感觉提醒我——现在的我，已经不是一个人。

这还算是独处吗？我有点慌张。

我始终相信自己，无论身处何种状态，我都可以找到让自己舒服的方式，缓慢地回复到身心的独处状态。毕竟这是我一直引以为傲的"生存技能"。

但这一次，事情或许不会这样简单……

"刘若英"该是什么模样？

对很多喜欢我的朋友来说，"刘若英"应该是什么样子呢？

大家心目中的"刘若英"该做的事，也许包括：那个不管几岁都会维持单身，继续谈着被猜测的恋爱，在情海中不屈不挠地奋战，偶尔跟大家分享失恋的心情，告诉大家"失恋不可怕，孤单不可怕，至少你还有我"之类的话。然后一个人走在路上，或是坐在咖啡厅里。

也或者一个人提着行李箱，只身去天涯海角旅行；要不就继续演唱着寂寞的歌，全情投入在各种戏剧演出中，饰演别人的故事；如果可以，历经轰轰烈烈的人生旅程后，然后以自杀结束，就像那种可以写成回忆录或拍成电影的人生。

的确，这都很像我。那么，哪些事是不像"刘若英"会去做的事呢？也许就包括了：找个人结婚，然后还生了个孩子……之类比较"顺理成章"、"平凡"的事情吧？用"平凡"来形容眼前的状况合适吗？我有点犹豫，但似乎暂时也没有更合适的字眼了。

但那似乎是现在你们眼中的我。

事实上，以事情的本质来说，这世上没有所谓"平凡"的事。事情只有"多数人做"或是"少数人做"，"做得到"或是"做不到"，"愿意做"或是"不愿意做"的差别而已。

结婚生子这件事，也许符合了"多数人做"、"愿意做"，而我刚好也"做得到"而已。这件对大部分人来说（也许）算是稀松平常的事，却有可能是我生命中将面临的最大挑战。因为结婚、生子，对我来说是"最最不平凡，也最最具有挑战的事情"。

我正走在陌生的旅途上，手中没有明确的地图，也不清楚将去往何处。我只能一步步地往前，没有任何停顿，不想有后悔的空间。

　　有人会因为我的这个决定而失望吗？我不能确定。而我只是希望，在这段旅程中，可以在路上看到崭新的风景。

　　我，并没有对自己感到失望。我也不曾背叛自己。

与生俱来的生活方式

　　我一直都挺矛盾的，在独处与相处之间。

　　"你从什么时候开始喜欢上独处的？"经常有人问我这个问题。也许是与生俱来的吧！虽然这答案对某些人来说或许缺乏说服力，但对我来说，的确是这样。

　　我当然不会告诉你"生命是孤独地存在"这种哲理的说法。但从我有记忆以来，独处就是我的生活样态。我的父母在我两岁时就分开了，我在祖父母家长大。从小就拥有自己的房间，或许这就是我习惯独处的起点。

因为家里没有其他的年轻人，更别说其他同龄玩伴。我很习惯一个人玩，一个人躺在床上天马行空，胡思乱想各种事情。我不知道独自拥有一个房间是不是孤单的事，但我从未因为一个人待在房间而感到害怕。这是我从小就习惯的事，类似一种生活本能。

人不会真心羡慕自己从未真正感受过的事物。

我从没羡慕过同年龄的朋友有跟兄弟姊妹一起成长的经验，对我来说，跟其他人分享房间反而是件极可怕的事。甚至一直到结婚后的现在，除了中学时期一小段的住校时间外，独自一个人拥有一个空间，对我来说，依然是一种生活的必要条件。

我祖父是军人，家里的管教很严格，为了减少不必要的麻烦与某种安全上的顾虑，他不太让我们出门玩。我姊曾经因为受不了这些，在搬去祖父母家住没几天就离家出走了。但我并不以此为苦，反正，我也经常懒得出门，安静地待在家里，我可以自己找到许多有趣的事做。

我求学阶段是这样的：放学回家，吃了午茶点心，我就会找些有趣的事做，比方说：找家里近七十岁的副官陪我打羽毛球或是请两位加起来一百五十岁的老家人帮我拉起用橡皮筋串起的长绳，在家玩橡皮筋之类的游戏。我还可以把自己关在房间的衣橱里面，自顾自地玩起扮家家酒的游戏，一人分饰多角，编织只有自己感兴趣的故事，也许，这说不定是我日后从事创作与戏剧演出的开端。

由于共同居住的祖父与副官们，平均年龄要比我大上六十岁，我跟他们几乎没有可以聊天的话题，跟祖母也是"选择性"地无话不谈。在那个年代，所谓的官夫人是非常忙碌的，有固定麻将局、英文课、画画课、社交下午茶……每天吃完晚饭，我会跟祖母一起出门散步。那是年幼时，最愉快的时光。她几乎每次都会买点铅笔、橡皮擦、垫板之类的小文具给我，我会选择性跟她分享在学校遇到的人事物。

所谓"选择性"，我通常都是说自己开心的内容，**关于苦恼的事，我选择性地不说，宁可跟自己对话，试着自己找答案。自问自答，跟自己聊天，是我的乐趣。**

当然，我的童年也不是只有"自处"。

跟同学相处，他们也愿意跟我聊天，因为我擅于把别人觉得很惨很难过的事情，用有趣的角度把它说得好笑。套句成熟点的说法，就是"自我调侃"自嘲的能力蛮强。直到现在。

譬如，爸妈在我很小的时候就离婚了。那个年代离婚的人比较少，因此所谓"隔代教养"的成长方式，现在也许司空见惯，但当时这样的处境会被同学认为是"值得同情"的。

学校办"母姐会"的时候，我是"婆姐会"。因为来的是"祖母"。外人可能会觉得，刘若英好可怜喔，她的爸妈离婚了！但我却从未因此而苦。总听说同学的爸妈会在他们面前吵架，但我爸妈不会，他们甚至几乎不会同时出现在我的面前，所以我不可能因为他们彼此间的恶言相向而感到紧张与苦恼。有些同学的爸妈难免会凶他们，或是动手教训，但是我祖父母从不曾动手打我，他们很宠爱我，这样的想法，让我觉得我还是很幸运的。

是的，"我比其他人幸福"，我经常这样告诉自己。这些话，我虽然从未亲口告诉老师与同学，但我经常这样对自己说，**特别是当我感到寂寞，或必须忍耐某些嘲讽时。因为我知道，不管别人怎么说，不管周遭的环境怎么样，我都得找到一种让自己舒服的方式，开心地生活下去。**

现在的我，偶尔难过的时候，会找些朋友吐吐苦水，倾倒垃圾情绪，但并不常这么做。因为试图把自己苦恼跟别人说，对于消除苦恼一点帮助也没有，反而可能让其他人担心。更别提，其他人可能给的建议，其实我心里都明白，但是做不到就是做不到，换一个人说好像也没有用。倒不如跟自己对话，找一个方式把悲伤消化或找个地方将它静静埋葬。然后，一个人重新开始面对下一秒的生活。

当习得这种面对困境与处理负面情绪的技巧后，我居然成为一个很好的倾听者，有些朋友会对我诉说他们所面临的苦，因为他们知道我永远可以提供有趣的建议，而不是跟他们一起用痛苦的角度面对。那不是不能感同身受，而是我希望能为当时的痛苦生活找一条幽默理想的出路。

"你以前都怎么一个人度过寒流来袭的夜晚呢？"某夜，一位刚跟交往九年的女友分手的男性友人这样问我。我没有回答，更没有安慰，只是当天晚上送了一个电毯跟一盏夜灯给他，告诉他："洗完澡，把电毯打开，进被窝就不冷了。在客厅开一盏温暖的灯，半夜起来上厕所比较不孤独……"

我不懂说安慰的话，或陪他一起悲伤，这些一定很多人说得、做得都比我好，我只是想用一种"实质的方法"希望陪伴他脱离阴冷的冬夜。

在人群中独处

中学的时候，我念的是一所要求全体学生住校的私立女子中学。那是我首度离开祖父母家，展开所谓"群体生活"的体验。出人意外地，对于团体生活，我一点也没有不适应感。

倒不是我喜欢团体生活或与人相处，而是我除了不怕被关之外，更有在团体中保持身心独立的技能。玩耍这些事，我自有办法解决。就算待在家里，我的心也能天南地北到处遨游。我希望随时保有说走就走的自由与自主，但这并不表示，我无法忍受拘束。

说到这里，我自己都觉得自己是个矛盾的人。但，没错，我就是这样。因为对生命的好奇，我喜欢自由自在，但依然结婚，现在则等着生子，步入人母的历程。也许我的人生中，还会继续这样矛盾下去吧！（笑）

我敢

在你怀里

孤独

住校最大的考验就是四位同学共用一间寝室，可怕的是，对于谁曾跟我同寝室，现在回想起来竟然很模糊。每天回到寝室都已精疲力竭，也许只是虚应寒暄几句，就上床睡觉了。隔天起床，又是行礼如仪的一天。住校时期，大部分都一个人偷听音乐或是读课外书籍，还因此被记过处分。但**我就是忍不住在群体生活里，偷一点自我的空间**。

很多年以后，在路上遇到某些人语气热络地说："我是你某某某时代的同学。"我都感到非常茫然与抱歉，因为我得努力在脑子里寻找对他的印象。也许我的心思始终都只跟自己一起。用一句大家常说的，"活在自己的世界里。"是啊，这段时期勉强称之为，在人群中独处吧！

没有逃亡的理由

总有人问我"奶茶，为什么你不像某某某，去做一些某某事？"之类的问题。我总是忍不住地反问：我为什么要变成谁谁谁，去做那些事呢？

当然，他们这么说的时候，通常是对我有所期许，觉得我该做更多有意义的事情。人做某些事需要理由，如果找不到理由，也许就不需要去做了吧！我给自己找了借口。

而也有人问"你这样要被宠溺，怎么没变坏？"之类的蠢问题。为什么因为被宠爱，就一定得变坏呢？人会变坏（或做些背悖于世道所谓"常规"的事），经常是因为对某些事物有需求。比方说，夜店，大部分家长都不让孩子去，但我从不想偷溜去夜店，所以就没这个问题。

也可能，有些人想偷偷谈恋爱，不让长辈知道，但在我们家是可以正大光明交男朋友的，我每次交男朋友都会跟祖母分享，然后，祖母总是笑笑说："交男朋友很好啊！带回家里吃饭嘛！"所以，我也没偷偷恋爱的必要。

现在回想起来，祖父母给我的教育重点，并非考试要考几分，或是要如何如何之类的规范，他们给予我很大的自由，但也清楚地告诉我，哪些事不能做，或是哪些事该怎么做，换句话来说，他们在意的是"规矩"、是"教养"。

在规矩的范围内，我可以自由地过自己的生活，就算在人群中，也可以安安静静、人畜无害地独处。**我又何必无故逼自己逃亡？**

一个人的旅行

我经常问朋友们一个问题：你会一个人去旅行吗？我也常常用这个问题来分析、观察我的朋友。有些人从没试过一个人的旅行；有些人很少有机会一个人去旅行；有些人则认为一个人的旅行是不必要的；甚至有些人觉得一个人旅行很无聊，没意思。但对我来说，一个人的旅行，不但必要，而且真的是**一种完美的旅行方式**。

我第一次一个人的旅行在十六岁。当时祖母打算让我高中毕业后去美国念大学，为了先看看是否喜欢那个环境，为我安排了一趟美国之旅。刚好姑姑在洛杉矶，祖母就让我自己安排行程。

我打电话给熟识的旅行社订了机票，当时，旅行社的小姐告诉我：华航推出一个精致旅游自由行的行程，从台北到洛杉矶，中间会在夏威夷停留三天。我没多想就订了，订完之后才跟祖母讲，她也没有阻止我。为了看起来成熟一点，我还去烫了头发，准备副太阳眼镜放在头上。现在回想起来，当时的发型活脱就是樱桃小丸子的妈妈。

就这样，我展开一个人的旅行。

那还是一个信用卡不普遍的时代，只好带现金上路。抵达夏威夷的第一个晚上，我有点紧张，毕竟当年只有十六岁，身上带了一笔钱，担心晚上有人来抢钱，所以临睡前，搬了张椅子挡住大门，把现金放在枕头下。尽管看似很担心，但没过几分钟，我就呼呼睡去，一觉到天亮。

隔天，我自己报名了浮潜，潜进水底看见七彩缤纷的热带鱼在身边游来游去，也顾不得是在大海中，心里不断大喊："一个人的旅行真的太棒了！"我可以点自己喜欢吃的菜，开开心心地在餐馆吃饭，一点也不觉得孤单。

某天晚上，我还误打误撞地跑到饭店里的酒吧喝酒，那是一间有名的 Gay Bar。当时，酒吧的人也没清查身份就让我进去，其实酒吧里面也有女生，只是我看到很多男生坐在男生的腿上。我早就知道同性恋是怎么回事，可是当一个人置身在同志酒吧里，还是感到紧张又刺激。我很想认真地看看他们，却又不敢直视太久，当时不像现在，可以拍张照片在脸书上分享心情，我只能一个人享受那种冒险的心情。

就像突然学会骑脚踏车的快感般，从此我迷恋上一个人的旅行。一直到现在。

独居的开始

有了那样愉快的旅行经验，我很快就决定了美国求学之旅。为了安全起见，最初被安排住在美国姑姑家里。姑姑一家人非常照顾我，但对于好不容易离开老家的我，总想自己出去住。

三个月后，我迫不及待在学校附近找了一个小套房，买了一个床垫、一张桌子、一盏台灯、一个热水壶、一个饭锅和一些简单的餐具。这就是我的家、我一个人的世界。我正式开始了独居生活。

那几年的独居生活，虽然辛苦，但一切都可以自己做主。那种感觉让长久被一堆家人照顾的我，非但没有感到不适应，还真心认为这就是最适合我的生活方式。

念完书回台湾，理所当然地搬回祖父母家。表面说起来因为工作作息时间不固定，住在家里总觉得不方便，但心里知道，对独居的日子念念不忘。于是鼓起勇气跟祖母说，因为创作需要，我想要跟她租隔壁巷子的房子当工作室，"大部分时间"还是会回家住，租金照付。好不容易说服她后，我就像蚂蚁搬家般，每天搬一点东西过去，从一个礼拜住一两天，花了大约半年的时间，逐渐增加到他们不会再问我"今晚要不要回家睡？"为止。

从那之后，我一直维持着独居的生活状态二十几年。**叔本华曾**

孤独　在你怀里　我敢

经说过类似的话，"要么孤独，要么庸俗"，言下之意他非常享受孤独，认为唯有孤独可以带来精彩与伟大。这道理我真的懂得。

合法买酒，祝我生日快乐

二十一岁那年，我在美国待第三年了，其实已经喝过好几次酒，但自己光明正大买酒的经验却付之阙如。当时很多朋友都在旧金山，二十一岁生日，斥资七十九块美金买了机票，特地从洛杉矶飞到旧金山。

接近生日的凌晨，我在买酒的杂货店门口等着，等到十二点一到，便二话不说地推开门，冲着酒店，拍着桌子大声骄傲地对老板说："我要买威士忌。"老板瞄了我一眼，冷冷地说："好。"然后转身直接就拿了架上的酒给我。

"你要看我的 ID 吗？"问老板，说真的，眼前的这一刻，我可是在心里模拟了好几次，好希望他检查我的证件，证明我合法买酒了。

老板拿着我指定的酒回过头，有点无精打采地望着我，不知是因为时间已经过了午夜，还是因为像我这样的"小屁孩"他实在见过太多。他摇摇头说："不用看 ID。祝你生日快乐！"

就这样，我跨过美国法律上允许买酒年纪的界限，并买了生平第一瓶威士忌。之后，我回到朋友的住处开心畅饮。再之后，痛苦宿醉了三天。这是我二十一岁的开端。那是属于青春的印记吧！

在不同的时代，人需要不同的印记，以证明自己达到某种被定义的标准，成为被接受的某种人。

然而，现在的我在等着证明些什么呢？而接下来的我，又将成为（或变成）什么样的人呢？

值回票价的生活

　　我曾经担任罗大佑的助理，也在香港度过一段独居时光。当时我住在天文台道（香港九龙半岛尖沙咀的街道），一间称不上舒适的小饭店。但我不在意饭店简陋，起码自己一个人一个房间，这对我很重要。

　　位于湾仔维多利亚港边的唐楼录音工作室，当时还未完工，我们是第一批进驻的工作人员。我每天十二点前要到录音室，一路工作到凌晨，赶在地铁收班前回到天文台道，接着整理当天的工作资料，直到两三点就寝。

　　那时，我一个月的薪水约台币一万元，身在购物天堂的香港，我处于一种什么都想买，但什么都买不起的状态。事后想想，当时那样也挺好的，因为买不起，只好打消购物欲望，反而可以把时间与精力都集中在工作上。在录音间里，我每天光是听到罗大佑、林夕、黄耀明等人聊天，就觉得生活丰富得不得了，完全感受不到物资生活上的贫乏。

每天大约十一点，我就到附近餐厅点一个港币十元的午间套餐，简单的咸鱼蒸肉饼加上一个例汤，坐在同样角落的位置，以珍惜的心情，偶尔望望路过的行人，静静地吃完一顿饭，再进录音间工作。其实这习惯一直延续到后来。我在香港拍电影时，每次订午餐，我都只订咸鱼蒸肉饼加上一个例汤，从没变过。

到现在，我并不在意物质上的辛苦，只有自己一个人也无所谓，每天都吃一样的餐点也不在乎，**只要生活有趣，那一天的生活就值回票价。**

家的意义

我讨厌搬家。

到目前为止，我搬家的次数很有限，总在一个地方住很久。在祖父母老家住到出国念书。在美国只搬过一次家，回到台湾这么多年，住在现在的家已经十八年了。为什么会这样呢？"家"对我的意义到底是什么呢？

以我的工作形态来说，一年十二月里面，几乎只会在"家"里住上两个月。我总是在外地移动、巡演、工作。经常住在饭店里，偶尔一觉起来，会怀疑自己身在何处。有时得花个几分钟想一想，望望四周的环境，确认窗户、闹钟、水杯、电话之类物件的位置，才能定位自己的所在地。不断移动的过程中，当然会想念那个在台北的窝。那是我称为"家"的地方。

每隔一段时间，我就把在外面的东西搬回家里，那对我来说，也许就是所谓"旅程的完结"。然后在家里，重新打包整装，准备再出发，从这角度来看，家又是"旅程的起点"。这些过程很重要。

若没有"家"这根据地，旅行只是无尽的漂流吧！但对某些人来说，所谓"家"这个地方，只是有个固定收账单、各类信件、包裹的地点。

记得有次跟汤唯聊天，她告诉我，她连在北京的住所都经常变动，没办法在每次变动前，一一告知有交易往来的各种如电信公司之类的单位，所以，只好把相关的账单、邮件都寄到朋友家里去。比起这样，我其实还挺庆幸。至少，所有的账单，包括自己，都有个固定的归处。

饭店住久了，也练就我把饭店变成家的专业技能。如果要在一个饭店待超过三天以上，我就会动手调整房间的摆饰，让饭店工作人员把我不需要的东西移出房间，然后再亲自动手把留在屋内的东西，根据生活的习惯与需要，移动它的位置，让自己住起来舒适，动线顺畅，把饭店的房间调整成适合自己居住的地方。

这也是我的矛盾，我既期待浪迹天涯，又觉得有个固定的家是件重要的事。因为，我们最终都需要有"回去"的地方。

最严苛的终极独处

我的工作总是在漂泊移动，回到台湾，总想尽可能地待在家里。我会跟经纪人商量好，把需要外出的行程尽可能集中在几天内完成，剩下的时间，我选择一个人待在家里，做我想做的事。

对我来说，比起考虑"自处"与"相处"，人生最重要的是"选择"。

我希望永远握有自己最终的选择权。如同我的人生最重要的一

句话"选择我所能承受的"。如果，将自己关在家里算是"自囚"，
那也是我自己的选择。只要我想，随时可以释放自己；只要我想，
随时可以改变那样的状态。

"嘿！我握有主控权喔！"我可以开心地对自己这样说。

但生完孩子后，我真的还能这么自由自在吗？我问自己。我知
道，答案是否定的，而且是一种心甘情愿的否定。只是，我会习惯
新的生活方式吗？

原来，在那天到来之前，我的生活早已经从身边人的态度开始
改变。我为坐月子，准备了一堆书及DVD，我去买隐形眼镜时，
眼镜行的老板却泼了我一盆好大的冷水，"月子期间，不要常戴隐
形眼镜，会对你的眼睛造成负担。"老板语重心长地对我说。

那，戴眼镜可以吗？我问。

"嗯……坐月子期间，你该做的事就是休息，不要过度使用眼
睛比较好。生产对女人来说是很伤身体的事。你该做的事就只有好

好地休息，让五脏六腑可以归位。"他说。

哈，这样我还能干吗呢？我去问其他有生产经验的女性朋友。"就是睡觉吧！"她们异口同声地告诉我。但如果我睡不着呢？更别提，躺久了，应该会腰酸背痛吧！我不禁担心起来。以我对自己的了解，很可能会躺到受不了，届时肯定会有偷偷爬起床或是逃跑出去的冲动。所以，坐月子对我来说，也许是人生中最严苛的"绝对独处"状态。

我开始担心坐月子结束的那一刻，我会不会就大声地对大家宣告："我这辈子再也不要独处了！我的独处到此时此刻完全结束了！"

如果是那样，我会变成什么样的"刘若英"呢？想到这里，我忽然有种想放声大叫的冲动，但我只能深吸一口气，并告诉自己，"我可以的"。尽管不确认，生完之后会面对什么样的状态。

但，事已至此，我只能，认真记录此刻的心情，以后的事以后再说吧！

新生命的这条路

现在回想起来，**在生产前，安排写作这本关于"自处"与"相处"题目的书，对我来说，也许就像切·格瓦拉（Che Guevara）的《革命前夕的摩托车之旅》般，在进入人生另一阶段前，透过与朋友们的对谈，重新审视自己的人生，并试着寻找未来可能会走的路。**

这一连串的对谈、聊天，某种程度地安抚了产前不安的情绪。我即将面对的，也许与所谓的"革命"比较起来是微不足道的小事，也或许，很多已经迈入那个阶段的朋友，会拍拍我的肩膀，对我说:"这件事，没这么严重。"

但，对我来说，前方是我完全没有想象过的异境。也许，我会在那边还继续维持"奶茶"的生活形态；也许，我会后悔自己决心启程前往那样的地方；更也许，我会蜕变成不一样口味的"奶茶"。

但人生是一段无法回头的旅程，我充满好奇地一步一步地往前走。

希望，不管是自处或相处，我都能找合适的角度与姿势欣赏眼前的风景，然后把遇到的故事告诉你们。

人生，待续。

我敢
在你怀里
孤独

当然会有海浪，当然会有黑夜，即便我们能欣赏它的美，也会有孤单，害怕不被了解的时候。

别怕，虽然我知道你不怕，因为我们都会陪伴你，不管有声无声的。

我知道你不怕，因为你清楚世界的变化，而你总保留了一块没有变，最纯粹的初衷与梦想。

别老问我人生如何如何，

我的人生才刚开始。

给自己的信 2014

RENE:

好久没有给你写信了，你好吗？

都忘记你何时开始不过生日的。最近想起你十六岁的生日，疼爱你的祖父母把你所有同学请到家里为你庆生，最后拆完礼物，大家捧着蛋糕，围坐在祖父身边，听祖父说着抗日事迹，你心里翻着白眼，心想："革命跟生日有什么关系啊？"

后来你出国念书。二十一岁那一年，你跑进 Liquor Store，扬起头骄傲地把驾照放在收银台上大声说："我今年二十一岁，我要买酒，我合法了……"那个店员根本没检查你的驾照就笑着卖给你，然后，你宿醉了三天。

现在，跟你说那些过去的人一一离开了，而你自己也有很多精彩的过去。再也没有兴趣买醉了，因为你终于懂了，人生，本身就是醉一场。

这几年看似平静又安静的你，其实我知道在某些事情上还在适应与学习。老天用很多方式试炼你"以为"的安逸人生。

诚实面对自己，是需要更多的残忍。伤人也伤自己。

有安逸的幸福感时，你还是会有孤单、愤怒、渴望、无知，这些是每一个人诚实面对自己时，都会有的。这些感受跟生活中的幸不幸福无关，跟任何人都无关。我也想偷偷告诉你，每天只告诉你这世界多美好的人，他们其实跟你一样。只是有些人总跟自己较劲，而有些人愿意让自己停留在他们想要看见的世界里。

你要相信，不管是勇敢大步往前走，或者有如现在暂时停下脚步，都会是很好的经验。你多么地幸运，有选择的权利。因为不管你做什么，都有那么多疼爱你的人陪伴着你，甚至纵容你……所以我也要提醒你，不要太任性，要珍惜。记得你有情绪，别人也有，要更加珍惜包容你这些小情绪的人啊。

当初第一次走上舞台的你，心跳起码一百二。临上台时，多少嘱咐犹在耳边：要这样，要那样，不要怕……只要大声唱！其实你那时就知道"学习飞翔之前，要先学习降落"。

人生有很多舞台，很多角色，我庆幸你自己勇敢地转换，想想你过去扮演的角色，都要投入那么多的心血去研读、练习，更何况现实的角色，没有剧本，没有导演，甚至有一天倒下前都没有人为你喊"卡"。但是别害怕，记得你总告诉自己的，"永远去享受自己的选择，酸甜苦辣都是滋味。"

自己的选择，这是个哲学大哉问般的议题。年纪越大，自己的选择牵扯到的事物越来越庞杂纷乱。年少时的选择只需燃烧热情，现在什么选择都是意志力的磨炼。但自始至终，选择不难，是勇于面对难。

以前你总很潇洒地说，"我才不怕老呢！谁没年轻过？"最近总看你照镜子、看着照片，然后努力捡起碎落一地的玻璃心。这个我真是帮不了你，只希望你老得开心，老得理直气壮，老得优雅。希望你再老一点，就不会像现在想要紧抓青春了，到时我相信你会更快乐！

现在你一定又在翻白眼，觉得我啰唆，哪有那么严肃严重啊……
是啦，你的朋友都知道，你怕啰唆……
今年还是给你的一个安静的生日。
记得吃一碗面噢！

奶茶（写于2014）

请不要在我身边灵魂出窍 × 卢广仲

现在我是个早起的人

一般人对影剧圈的印象应该是一群半夜不睡觉的人，不管是瞎混或认真工作什么的，总之每天不搅和到看见天边鱼肚白不甘心。

或许你不相信，现在的我是个习惯早起的人。年纪小的时候，我也是夜猫子，总不挨到凌晨不睡觉。在唱片公司当制作助理，跟班录音到半夜两三点是常有的事，在那个年代，录完音，身为助理的我要把母带上的音乐转成一个一个的卡带，然后送到下一个工作阶段的人家里。常常回家时，已经可以搭上第一班公车了。那时候天亮，是说晚安的时间。

就这样从制作助理、演员，一路踏上歌手生涯，过着不见天日的夜猫日子一直持续到2002年，开始演《张爱玲传奇》，长达五个月配合剧组作息，早睡早起，可能也刚好因为年纪的关系，觉得这样也挺不错，就持续了早起的生活。早起跟晚睡其实是一样的，清晨大部分的人无论公事、私事都不会来找你，自己能有一段比较长的独处时间，因此能做的"正事"是比较多的。这时候天亮，是说早安的时间。

　　有一回跟我的制作人钟成虎聊天，他说大多数的歌手都喜欢晚上录音，但我不一样，比较偏好下午。后来聊到小哥费玉清，听说他都是从早上九点开始录，中午十二点就收工。小虎开玩笑地问我要不要试试看？我当真了，录了一回上午场，十二点前顺利收工，小虎老师请我吃了一个很棒的午餐便当。

　　谈到早起，就想到卢广仲，我们都知道他的歌跟早起离不了关系，跟他约了上午十一点半，对他来说应该不算早吧。只是没想到，我们的话题竟然是从《黄帝内经》开始的……

《黄帝内经》简直是广仲的生活指南

我们约在赤峰街一家叫"蘑菇"的店，访谈期间广仲一直看着他的表，我以为他后面还有通告，在紧张着时间，没想到他说："《黄帝内经》说，中午十一点到一点这段时间，气血走得最快，建议尽量留在室内，最好是睡个觉，对心脏比较好……"

广仲大约五六点起床，晚上十点半睡觉，这么年轻的孩子，早睡早起竟然是因为《黄帝内经》的关系？我怎么看他也不像是走养生路线的人啊。"我早睡不是因为养生，是因为晚上无聊，更何况，早上做事的效率比较高。"

这点倒跟我不谋而合。我现在习惯的起床时间也是五六点，醒来后大概会先赖在床上半个小时，把微博、脸书、电子邮件都先浏览一次再正式起床，吃早餐。我身边的工作人员都是晚睡的，他们会在凌晨两三点发信或讯息，我早上看过之后回复给他们，让他们醒来之后可以直接处理事情。我这样的工作形态行之有年，觉得也挺好的，与他人作息时间不同却也没什么冲突。

广仲的早上，除了运动、吃早餐，他说他最近终于买了电视，所以早上多了一个"看电视"的行程。好奇他到底看什么，除了探索频道摩根·弗里曼谈宇宙的节目，还为了不脱离流行，追了一段时间的韩剧，"没想到还挺好看的"。

除了起床时间差不多，我跟广仲还有一个共同的观念——早餐很重要！我们都可以吃下一头牛！早起可以让一天的时间变长，我的早起，甚至有时候是为了吃早饭，之后如果能很快乐地睡个回笼觉，更是美事一桩。有时我也会跟别人约在早上（虽然能配合的人很少），一边吃早午餐，一边精神奕奕地谈事情。早起的好处实在太多了。

广仲说，他会撑到十一点多，睡个午觉，一点后再出去吃午餐，"这不但符合《黄帝内经》里讲的，也不用跟上班族挤在尖峰时刻吃中餐。"

《黄帝内经》简直是卢广仲的生活指南！

独处的规律循环

独处是一种状态。

广仲说，他第一次有自觉的独处，是在小学四年级的时候。他的老家是在一个人口很少的小农村，对面是一座庙，庙的后面有一大片稻田，中午烈日当头，农夫们都回家去睡午觉，年纪小小的广仲就蹲在庙后头，对着一大片稻田，眼前的世界只有甩着尾巴的牛跟他，让他意外地感觉很自在。

"小时候说不出来独处的感觉，后来才明白，**只有周遭没有人类的存在，才让我感觉到自在**。所以当我从台南到台北来念书后，我很少再有那么纯粹的自在感，可能在意识里知道，在我的房间以外的地方，其实是一直有其他人的存在。"

现在的广仲，似乎是在尽量地回复小学四年级的自在。他的朋友不多，也少有人会到他的住处。没有工作时，早上专心做自己的事，午后心思比较烦躁，就用在面对外界，例如与朋友吃饭、碰面，他觉得"太阳下山后就不太适合与人相处"，所以夜晚到睡前这段时间回复平静，回到独处的状态。

这样俨然形成一种平衡，在我们不得不与这个世界接触的时候。

我问他一个人的时候都听些什么音乐，他说如果要精确列出来的话有两张，一张是 Thelonious Monk（塞隆尼斯·孟克）的 *Solo Monk*，另一张则是 Joe Pass（乔·帕斯）的 *Song for Ellen*。前者是钢琴家，后者是吉他手，都是爵士乐大师，这两张专辑都只是单纯的吉他及钢琴，因为在听乐器专辑的时候，就好像有一个人专心地用一件乐器跟你讲一件事。这种一对一的关系，也比较像我跟朋友的相处模式。

虽然在生理上是独处，但在精神上仍然避不开相处。例如他说，在学生时代的创作，经常是在跟同学 MSN 聊天的时候，某句话浮出了一些音符，就停止聊天，拿起吉他动手写完。MSN 是我觉得少数能让人在独处状态下，还能与他人产生深刻连结的一项工具，好像那转啊转的小绿人，就真的能让你感觉到并不是一个人。在 MSN 的年代，我们可以用文字喝酒聊天聊整晚，喝到醉躺卧榻到天亮。MSN 当时的内容比较深刻，看着绿灯的闪烁，等待文字的出现，甚至从对方的昵称、反应时间去猜测想象对方的状态，却又保有自己。比现在任何一种通讯方式都浪漫。

广仲说，现在就算是因为工作需求装了 LINE，但还是坚持关成静音，好让他不会时时被讯息干扰。想要看手机的时候再看，保有自己对接收讯息的主导权。

"我们常常忘了自己是人，不是讯息接收器"，网络、脸书、媒体，接收讯息的时间永远都不够，感觉很热闹，**"当我发现我是孤独的时候，反而是种很好的状态，孤独可以让你更强壮。"**广仲说。就因为现在人和人之间的连结太多元也太频繁，独处反倒变得珍贵，成了意识上得一直去寻找的一种平静。

唯一可以让广仲不在独处状态的，是家人。虽然他不喜欢接触人群，但跟家人在一起是唯一的例外，"离开台南老家后，我的房间就让我妹妹用，现在回家我是住在客厅，虽然没有自己的房间，但在家里我仍然很自在。"我听说前阵子他花了十一天从台北徒步走回台南老家，一方面我极度佩服他的毅力、体力，以及血液里的疯狂；另一方面也可以再次印证"家"对广仲来说，**是宇宙中心，是终将回归且无比重要的。**

出走，是为了回来

"你喜欢旅行？"我问广仲。"每次去很远的地方玩，都好像是为了证明我喜欢待在家里是对的。"

是啊，出走，是为了回来。每当不开心，或想改变现在的生活状态的时候，很多人就会想："出去走走吧。"仿佛出去走了一圈，回来，问题就解决了。其实，问题没变，变的是人。

对我来说，这其实很像丧礼，**头七到七七四十九天的种种仪式，是给不知所措的生者的生存指南**，告诉你这天该念经，那天该烧金纸，有事情忙着，也就慢慢习惯了一个新的事实。旅行这件事也是一样，从出发前找饭店、订机票、安排行程，到身处陌生地方的每日行走坐卧，也是让你脱离原本的状态。慢慢地，卡在心中的问题，也变得不再那么重要。

我想很多人跟我与广仲一样，都是经历过从住校、离开家到自己一个人住的过程，开始独居的生活。广仲说，他开始一个人住以后，有些朋友劝他养狗养猫，他觉得宠物会是个牵绊，最后决定养植物，但没想到只要不在家的时间一长，还是会担心家里种的那些植物会不会枯死了，原本以为最不会牵挂的植物，竟也成了羁绊。

　　以前我独居的地方是不能有其他生物的，养狗养猫当然不行，我的工作很机动性，随时可能十天半个月都不在家。有朋友就说你养条金鱼吧，我不是不喜欢，但却没有想过拥有，好像**拥有就成为一种负担**。拥有就必须准备失去。

孤独和寂寞

　　独居是一种孤独，但孤独和寂寞是不一样的。孤独是一种状态，寂寞则是一种负面情绪。

　　我记得 1994 年在南京拍《南京 1937》，12 月 24 日那天是冷飕飕的零下二十几度，当天拍的是一场被日军强暴的戏，需要很多扭打、挣扎的动作，撞到身上好多处瘀青。对手演员军服上的徽章，一不小心就在我身上划好几道口子，但因为天气冷，感觉不出痛，等到下了戏回到饭店想泡个热水澡，身体一下浴缸，痛的感觉就一下子全部涌上来，还忍不住尖叫了一声。就在此时电话响了，"圣诞快乐！"背景是嘈杂又欢乐的嬉闹声，朋友说他们正在派对上，"我躺在浴缸里。"我说。

　　那一刹那，我有点寂寞。

　　广仲说他也有类似的经验，上大学的时候第一次在台北过中秋节，为了省车钱没有回家过节，但偏偏这天又是他妈妈的生日，一个人在宿舍里，寂寞的感觉就上来了。隔天，他马上就收好行李，回家看妈妈。

　　那是一种"你以为应该要有却没有的状态"，我之前也住校过，大家都回去过节了，整个宿舍只有你一个人，身处在一个原本有很多人，现在只剩你一个人，跟原本就只有你一个人的空间，很不一样。

所幸善于独处的人，不会很容易地感到寂寞，自己与自己之间，其实有很多事可以做、可以忙，不需要靠别人来知道自己的状态。

可以自在处在孤独里，绝对是一种幸福。

人要比食物厉害一点

后来我们聊起了"今天吃什么？"这道选择题。相信很多人都一样，每天起码碰到这问题两三次，别人问你，你问别人。

广仲是天生瘦子，我是后天胖子，他食欲不好，我食欲超旺盛，他有个九十七岁的祖母家训说，每天只要吃六分饱就好，吃得少让他很有精神。但是很有趣的，我们都是在独处的时候，可以不断重复吃同样东西的人。拍戏时，剧组通常都会问演员，今天有没有特别想吃点什么？我都说不用了，每一餐一模一样的蛋炒饭配个水煮青菜就好，我会自备辣椒酱拌着吃，连吃一个月，并不觉得将就。

"吃白饭就觉得很幸福了。我有选择困难，要让我不断决定早餐吃什么、中餐吃什么、晚餐吃什么，很痛苦。像大学的时候我经常吃皮蛋豆腐，柴鱼、很多的葱花淋上酱油，每天吃都可以。"广仲说，除了当兵的那年，因为不用工作，没有很多事情要想，就很认真地去吃了一些以往不可能吃的东西，"这些味道都进入了我的味觉记忆库里面。"

"今天想吃什么？"这个问题，是不是人在特别无聊的时候，才会显得格外需要？例如说在我怀孕的这段过程，这个不许做那个不能做，空出来的时间就只好选择吃了。这跟广仲当兵卯起来吃的经验，非常类似。

"从吃东西上获得快乐，有点像你花钱去游乐园，搭云霄飞车的时候很快乐，坐海盗船的时候也很快乐，但我觉得身为人类，我们应该更厉害一点，起码要比食物厉害。如果要从游乐园里获得快乐，我们可以在身体里盖一座想象的游乐园，吃过一样东西就把味道记下来，以后再看到这样东西，就能立刻回刍那样的滋味，就不必再去点了，因为我已经知道吃起来是什么样的感觉。"

呃，这招拿来减肥很厉害……但我做不到！

学着把自己看得更小

媒体形容广仲是个"无害的人"，他说，他跟所有人都可以当朋友，但深交就难，不是不愿意，而是他认为一个人的时间是有限的，生命的长度是固定的，本来就很难有很多的朋友。

　　他跟朋友在一起最自在的状态是，坐在大沙发的两头，各自看着书不讲话，如果突然想到个话题，例如，"欸，你觉得太阳对我们的意义是什么？"获得对方的回答之后，就相安无事地继续回到各自原本的状态。

　　他说，看霍金的书，可以让我们再一次意识到自己的渺小。人都会习惯性地自我膨胀，痛苦的时候，眼中的任何事物都是痛苦的，把自己膨胀成全世界，"我觉得，痛苦的时候，更应该把自己看得更小。

　　"最近一次让我感到幸福的是，有次我到超商买一瓶洗衣精，上面注明是用柑橘原料做的，买的时候就想，'衣服洗完闻起来该不会真的有柑橘味吧？'后来衣服洗完后我刻意闻了一下，嗯，真的有，当下就有种幸福感。"

　　"如果事与愿违的话，你会因此而气愤吗？"我问他。"不至于，因为我们看到大部分的事情都是这样。"这似乎是一种理所当然的原谅。"因为我喜欢这个世界是有信用的。这就像牛顿的能量守恒定律，你把一个东西从一楼搬到三楼，很重，从三楼丢回一楼的时候，这个力量也会回归到零，从物理学看是这样，如果从佛家来看，就是因果了。"

我之前不知道，这个喜欢看霍金《时间简史》与《大设计》的男孩，他对宇宙的兴趣，远远大过于人，我以为，他只是纯粹的孤僻而已。但其实，他对于自己的人生状态，很有一套哲理。

见面的那天初冬、刚下完雨，舒服的阳光下呼吸很舒畅。就像我看着桌子对面的他，端坐着，脚踏在地上，却能感觉他的心在飞扬。多么特别的一个人，努力建造自己的世界，却又能微笑看着他以外的一切。

我敢

在你怀里

孤独

对谈

卢广仲

我敢
在你怀里
孤独

对谈
卢广仲

奶茶：一个人看什么电影？

卢：我会选《阿甘正传》，我觉得电影很棒的地方是，两个小时可以看完人的一生。会去想如果自己是一部电影的话，只有两个小时，你的一生要在这两个小时内很精彩。

奶茶：你最不能忍受别人对你做什么事？

卢：灵魂出窍。就是有些人跟他讲话，但他的灵魂不在这边。但我不会怪他，这样他就去做其他更有意义的事情，不用把肉体强留在我的身边。

奶茶：我很讨厌谈恋爱时听到的一句话："我不在你身边，但我的心跟你在一起。"世界上有很多甜言蜜语是不能深究的！

卢：这不就是观落阴吗？

谁能陪我做童年的梦？

谁能陪我一起做幼稚的事？

谁能陪我荡着秋千，便以为能飞上天？

我想听见你的声音　×　五月天玛莎

我从来不觉得自己"孤僻"。

既然我跟自己相处得很好，生活过得开心、丰富、幸福，从没有觉得自己哪里不完整的缺憾；那么，我就完全不会想委屈自己跟其他人相处，哪怕只是一点点的委屈都不想。**那些人眼中的我的"孤僻"，在我的世界里，只是珍惜并坚持那微弱的任性罢了。**

"擅长独处"是怎么来的？

关于独处，究竟是天性、体质或命盘使然，还是为因应现实人生所处的环境而习得的技能呢？这件事情有擅长与否的分别吗？

"我的独处习惯跟成长的过程有很大的关系。"玛莎这样回答。

他跟我一样，父母在小时候就离婚了，他跟妹妹也就因此分开，这样的他经常处于自己一个人的状态。为了填满时间不让还未臻成熟的自己去思考过多无能为力的事，只好自己去找事做，就这样习得了跟自己相处的技巧。

就跟学习骑脚踏车一样，人生中的某些技能，一旦学会了就不会忘记。如果又能从中寻得乐趣，就会不由自主地持续下去，就像一个人骑着单车，循着眼前道路，乐此不疲地漫游向未知的远方。

但我也承认，独处有时候是难熬难受的。"与其说是难受，不如说那是一种突破的过程吧！"玛莎说。他从高中时代开始在学校附近租屋独居，在那个没有网络、社群网站的年代，放学回家后就只能关在房间里念书听音乐。如果真的无法把自己关在房里，他就会骑着单车出门四处游荡转换心情，然后再回到家里，继续念书听音乐。那个时候，世界也似乎没有太多的事情需要我们去关注。

一旦撑过孤单到心痛的撞墙期后，就会自然而然地掌握独处的技巧并享受它的美好。就像第一次在单车上试图寻求平衡一样。

天下没有不散的宴席，任何人都有必须独处的时刻。当掌握技巧后，通常会发现"自处"比"相处"要简单与有趣得多。

当然，任何人都试过为了摆脱寂寞，刻意置身于某个团体或人群中。但那毕竟不是解决之道，因为你心里也明白，在人群中所感到的孤寂，要比一个人独处的状态，要难过上数千数万倍。

相处是需要练习的

无论多么习惯独处的人，都无法避免与他人产生互动，学习"相处"的技巧与能力，是人生中不可缺少的一环。从社会学的角度来说，这叫个人的"社会化"。

曾经有人说过："这世界上所有的问题，都源自于人际关系。"只是我们究竟该如何掌握人与人间相处的界限？又如何为自己划下界限，保留些许专属于自己身心的独立空间呢？

"以五月天来说，我们工作必须彼此配合。以前，如果是到外地演出，经费不充裕时，经常得两个人共住一个房间，我就会跟冠佑住同一间。在那段期间，除了洗澡之外，几乎二十四小时相处，知道对方的一言一行，加上我们认识的时间快超过二十年，如何在长时间相处中保持良好关系需要智慧。"玛莎说。

其实最好的方式，就是不太涉入别人的课题，尊重他人处理自身问题的权利。

有些人觉得所谓的"好朋友"，就得毫无隐瞒地分享彼此生活的大小事，并提供处理的意见。但这样过度地涉入他人的生活，却经常带来无谓的困扰，不但干预了他人的自由，也让自己担负着一些毋须承受的压力。

毕竟，这世界上每个人都是独立存在的个体，没有谁可以代替谁承受生活中所产生的问题与所带来的痛苦。过度地涉入他人（即使是好朋友）的生命，不但对于解决问题没有帮助，还经常会衍生出其他枝节。

朋友相处得越久，就会知道哪些话不适合说与正确的表达方式。真诚地表达意见，又不会伤害对方或带来困扰，才能妥善地维持彼此的关系。另外，也可以借由这样的关系，给予对方独立的生活空间。所以才会常常听到，真正的好朋友之间，其实不需要过多的言语。

"以五月天来说，除了工作以外的时间，我们几乎是不太联络的。"玛莎说。

人的一生必须同时在许多人际关系的环节中，扮演不同的角色。像我，除了艺人、朋友、女儿之外，这两年还成为别人的妻子、媳妇，甚至过一阵子就会成为人母，每一种角色都会相对衍生出某种责任，而每种责任都会需要时间来完成。不管我有多少，都希望能维护自身起码的生活空间、时间，而不是每一件事情都要巨细靡遗地向每个人报告。

"像我曾经看过 Mr. Children（简称ミスチル）的访问，相处超

过二十年的资深乐团，他们的相处之道也是非工作时不联络。**保有彼此独立的空间，是维持好关系的不二法门**。"玛莎说。

不过保持彼此之间的安全距离，并非漠不关心。只要彼此知道，如果真有需要，会随时义无反顾地支持彼此，站在对方那边，这样的关系就已经足够。

约会的麻烦

关于"自处"跟"相处"间，我经常感到疑惑。比方说，我觉得很多事情明明可以自己解决，为什么要劳师动众地呼朋引伴找一群人一起？"终极的原因，还是因为你怕麻烦吧！"玛莎给了我简单的答案。

说到底，跟人相处是挺麻烦的事。

就拿吃饭、看电影、逛街这些事情，明明可以自己一个人做的事，为什么需要别人的陪伴呢？而且当这些事情涉及超过一个人的时候，光是协调彼此的时间、约会的地点就是一大工程，如果当天约会的状况不尽如人意，难免让人心里有"啊！早知道不要约就好了！"之类的感慨。当然我也明白，这个世界上有绝大多数的人，认为上面条列那些事情"怎么可能一个人完成"。

其实，我担心的是自己带给别人麻烦。毕竟，我是一个不喜欢勉强自己的人，当然就更没有气力去勉强自己不完全了解的其他个体。虽然偶尔也会在约会结束后，有"今天这个会真棒！"的愉悦感受，但约会这种事，我依然觉得频率不能太高，还是偶一为之就好。

在脑中完成一场恋爱

"可是身为双子座的你，照理说，应该对很多人事物都会感到好奇，不至于这么孤僻才对啊！你变成这样会不会跟你的工作有关系？"玛莎问。可能有吧！因为身为艺人，加上怕麻烦的个性，就会让我不想去碰某些东西。

就拿"恋爱"来说，我有时候也会想谈恋爱，但又觉得真的去谈恋爱很麻烦。比方说，原以为单纯的恋情，因为被媒体渲染变了模样，想要出门约会，被狗仔盯上也很讨厌，还会为对方带来困扰。

想着想着，还没真的谈恋爱就累了。与其这样，还不如就在脑海里任性地跟那男生谈一场恋爱，不着痕迹地，想象着恋爱的感觉与可能发生的情节，像在脑中演一场戏或写一个故事般，完成一段一个人的恋情。

然后，告诉自己说："这样就可以了，我谈完一场恋爱了！"

"所以！我懂了啦！就是在脑袋里打手枪啦！就是连裤子都不愿意脱的那一种。"玛莎夸张地笑了出来。……也许是吧！毕竟，恋爱本来就是脑内的化学反应啊。

我的夜店初体验

就算再习惯或喜欢独处的人，有些事也无法独立完成。比方说，去夜店。

学生时期，我就很少去夜店。即使去了，通常都是坐在包厢替大家看包包的那一个。工作以后，因为种种原因（怕被拍、怕麻烦、怕打扮、要跟谁去等等问题）竟然近二十年没上过夜店！这件事甚至一度成为朋友间的笑柄。

于是，有天，我下定决心，今天非去夜店不可。我突然想让自己失序一下，甚至失控一下。夜店并非适合一个人去的地方，我也不方便单枪匹马走进夜店里，可能会引起不必要的麻烦，我可能需要有包厢，但也总不能找个包厢就把自己关在里面。

"真的，一个人去夜店很奇怪。"玛莎点点头。

于是，我想了想，拨了电话给黄立行。"我今晚想去夜店。"我这样告诉他。

"是喔！是要研究什么角色吗？"他问，带着一副"若不是为了工作之类的原因，这个人绝对不会去夜店"的态度。

"不是。就是想去看看，去玩玩……"我坚持。

他在电话那头沉默了好几秒，仿佛不敢相信打电话的人是我，"喔！好啊！那你们几个人？"

"就我一个。"

"啊？夜店没有一个人去的啦！"

"但是我就是想去啊！"他非常困扰，但还是非常有义气地说，"那我陪你好了啦！要约几点？"

"差不多九点吧！"我天真地回答。

"夜店没有九点开的啦！约十一点好了。"他耐住性子说。

我难得在不开工的时候想要特意打扮。我希望自己感觉随兴、低调，但是还是有型。我试着把头发放下来，又是玉米须又是浪板夹的，最终宣告失败。只好扎上不会出错的马尾，套上自以为神秘的黑上衣，帅气的牛仔裤，红色高跟鞋……喔！忘记自己膝盖的疼痛，在临出门前想了想，为了避免摔个狗吃屎，换回白布鞋。

像武士出征般，昂头坐上了计程车。一上车我用带着兴奋的语气说出了地址门牌号码，司机问："知道靠近哪里吗？"

"嗯……不好意思，我不知道。"

"是不是靠近 × × 夜店？"

"啊！对啊！我就是要去那里！"

"吼！小姐！早说啦，那个夜店谁不知道啊？"

"我、我、我，我就不知道啊……"我尴尬着说。

到了门口，我低着头被黄立行捡了进去。一抬头，我才大吃一惊。夜店里的女生穿着都比通告服夸张，发妆媲美专业水准，行头比起名媛更丝毫不逊色……我花了那么多时间的化妆打扮，在里面却像个村姑。

"是不是?！她们超厉害的。"玛莎也心有戚戚焉地附和。

为了怕我无聊，黄立行还好心地约了些朋友来。"喝什么?"他们问。

"先来杯健怡可乐吧！"我回答得吞吞吐吐。

五光十色的环境，我看着那些俊男美女却感觉非常不真实。他们好像是电影里的角色，我不由得一直去猜想他们的背景、年龄、心情……为什么在这里？跟谁来？等等跟谁回去？在哪里工作？为什么买得起那么贵的名牌包包？我完全没有放松的感觉，不适应感反而开始在身上每个细胞蔓延。最后我决定放过脑神经，匆忙把健怡可乐干了，瞎聊几句，就赶忙搭计程车回家去。

一回到家，卸了妆，我才觉得整个人放松解脱了！这会儿我才知道，这世上真的有些地方不适合"自处"。

网络世界的人际关系

无法想象世界进入网络的世代已经多久，好像只是一瞬间的事。像是终于传输完一个大容量的档案，然后每个人都进化了。无可奈何地顺着潮流跨入这样新世界的我们，对我们来说，究竟是好，还是坏？快乐吗，或是不快乐？

如何在数位的世界里保有身心自处的空间？又如何与网络上真实又虚拟的人际关系妥善相处呢？我经常思考这个问题。

我的私人脸书朋友只有十几个人。这对很多人来说，是一个不可置信的稀少数字，但对我来说，这是个恰到好处的数字。

在脸书的世界里，如果我想知道某些人动态时，我只要联上网看一下就好，可以选择默默地浏览，不留痕迹地离开。有时心血来潮，在朋友的动态留下一点意见，表达自己的关心，不喜欢的部分，可以选择性地遗忘。

我很少在脸书上留下动态消息，总觉得没什么特别的事，需要透过脸书跟大家分享。但即使如此，我偶尔还是会感到一点点压力。比方说，看到朋友的动态有其他的朋友留了言，或是有人在我的动态下留了言，我就会想，等一下是不是也该去留一下言？或者是写下一点回应？如果置之不理，会不会有点不好意思？

"但你看过不留言，或是不回复留言，又不会有人知道！"玛莎不解。

会有人知道啊！动态下面长长一串没看到我的响应就知道啦！我很确定——脸书也是人际关系的一环。所以每次在脸书留完言后，都会反复地重看很多次，留在粉丝专页上的讯息也一样，PO

完文后，在上面多停留些时间，重新整理个几次。

"那是因为你很在乎网友们的回应？还是你想要马上回复他们的留言？"都不是，我斩钉截铁地回答。我是担心自己不小心写错字，或是有什么用字遣词不妥的地方，所以会重复看几次。特别是粉丝专页上的讯息有很多人会看到，某些记者对文字过度解读，经过几手的传播之后，就完全变成另外一件事。所以我在 PO 文时必须更加谨慎。我情愿自己完全没有消息，也不想乱发消息，或让简单的讯息被乱传曲解。

很多人劝过我，现在的演艺圈，"坏消息比没消息好。"但说真的，我真的做不到……我守旧地认为，身为艺人，最重要的还是作品本身。如果一定得靠点击率或曝光程度这样虚无的东西来证明自己身为艺人的价值，我可能真做不了艺人。

即使在网络上，发言或 PO 文还是得谨慎才行。

这不只是保有自我，也是相处的一种尊重。

发生过的事，即使被遗忘，也不会消失

有人说：网络世代的好处是——一瞬而过的讯息，大家都学会快速遗忘，反正很多事谁记得谁痛苦。

就算实情可能是这样，我还是相信，这世界上发生过的事情就是会永远存在。一般人健不健忘与事情是否存在无关，我在意每一件细微的小事，就是不想有天我儿子在 Google 上搜寻他妈的时候，发现他妈的"事儿"还真多。

"更糟的是，他根本无从分辨哪些是真的，然后上初中时，拿着 iPad 来问你说：'妈，你居然曾经跟这么糟的人谈恋爱喔？'之类的。"玛莎说着大笑了出来。

我一直不敢拍裸露的戏，就是怕以后老公或小孩看到会很尴尬。说到这儿，玛莎表情一变，诡异地看着我说："应该不会有人找你拍裸露的戏吧！所以不用担心这么多吧？"

玛莎先生，你这样说，会不会太看不起我，说不定某部惊悚片需要我的裸露镜头啊！

如果可以，我想听到你的声音

随着网络与智能手机的发展，人与人之间可以用来沟通的桥梁越来越多样化。但我并不认为，人跟人的关系因此变得更亲近更美好。刚有微博的时候，最讨厌被人质问："你为什么没加我？"我不懂的是，我有什么义务一定要加你呢？为什么我一定要知道你呢？

"那你用 LINE 吗？"玛莎立刻追问了问题。

我没有。如果朋友们真有事要找我，其实传简讯或打电话都可以联络上我，如果不是有心要找我，装再多的通讯软件也没用。

"对啊！关于这件事，我跟你想的一样。如果有心找我，一定找得到，根本不必在意我有没有用什么通讯软件；再说，我又没有非让谁找到不可的义务。我用手机是要让自己的生活方便，不是要背负一堆莫名其妙的义务。"玛莎用任性的语气说。

但工作上的事，还是要回一下"收到"之类的讯息吧！让工作人员可以放心，我这么想。"真正重要的事，应该亲自打电话来说，这是一种尊重吧！"玛莎坚持。

虽然使用通讯软件联络事情很便利，甚至可以避免对人不必要的打扰，但是，有时候听到人的声音，可以给人带来有温度的安心感。毕竟，电话原始的用途就是用来说话，而非写字的。

我曾经这样听说，**只要记得一个人的声音，他就永远不会消失**。我需要记得人的声音，因为那才是"存在"。

无声胜有声的相处

某个周末，先生听说了一家很棒的咖啡厅，带我去品尝。那家咖啡厅的空间不大，但生意很好，以致人与人之间距离很近，就算不想刻意去听，也无法完全回避隔壁桌的谈话内容。我跟先生面对面坐着，咖啡一上来，他便拿起手机滑了起来。

"他这样做，你不会抗议吗？"玛莎问。

我从认识他就明白他跟手机是无法分开的，我那时候没有生气，当下抱怨不是很奇怪？与其这样，我宁可放任自己的思绪在咖啡厅里游荡。于是，我跟先生一起在咖啡厅里各自"自处"起来。

忽然间，隔壁一对年近六十岁的夫妻突如其来的谈话吸引了我。他们并不是一坐下来就开始交谈的，而是面对面沉默地坐了好一会儿，等到咖啡送上来，双方都各自啜了一口咖啡，也许是感到有必须开口说话的压力，又或者是，周遭传来的说话声，让保持沉默的他们感到不自在。

于是，老婆开口说了："我们家的装潢费多少钱？"

老公回说："那不是装潢，那是修漏水。"

老婆说："那有什么差别？要多少钱？"

两个人就顺着这个脉络，以冷淡的语气，漫无目的地交谈起来。言语间感受不到交集与火花，仿佛夫妻置身那样的环境，就非得挤出点话来说才行。

有如交代义务般地交谈。要表现出什么呢？是彼此的感情很不错吗？忽然间，我对那样的相处模式感到可悲。

望着在对面专心滑手机的先生，我忽然觉得，我们就这样一起喝咖啡也挺好的。

黑色的圣诞树

"你为什么会想买圣诞树呢？"玛莎问。

其实倒也没有特殊的原因，只是那天下午，我把脚垫得高高的，以舒服的姿态阅读着村上春树的短篇小说集《没有女人的男人们》，心里忽然间响起"去买棵圣诞树吧！"的声音。我很怕若错过这个时机，这辈子都不会再出现这样的冲动，于是，尽管外面飘着雨，我还是搭了计程车出门。

我一直很喜欢圣诞节，但从不觉得自己需要圣诞树，因为几乎每年的圣诞节都在工作中度过，甚至在演唱会上，头戴红色的圣诞帽，领着现场观众一起高喊"圣诞快乐"。偶尔工作人员会体贴地送我迷你圣诞树，让我可以随身携带，顺手组装起来看一看。对我来说，这就是圣诞节的全部。

也许"冲动"对我而言会越来越远了吧！所以，我必须趁自己还有这种冲动，给自己买一棵圣诞树。

"结果呢？"玛莎睁大眼睛看着我。

我买了一棵黑色的圣诞树与一些装饰用灯回家，开开心心组装起来。我回忆起组装圣诞树的细节。

"也买圣诞音乐 CD 吗？"

没。我从网络下载了一些。我本来是准备先生回来时，点亮圣诞树，播放圣诞音乐给他一个惊喜的。没想到，他的飞机误点了，进门时，我，不小心睡着了。笑。

但，无论如何，我终于给自己买了一棵圣诞树。

"你打算几时把它收起来？"

也许是 1 月吧！不确定。

"你要记得，一定要在 1 月底把它收起来，不然一不小心就会放到 3 月。"他提醒我。

年夜饭与家人的相处

"能想象吗？其实我最难忘的是——一个人的年夜饭。"玛莎说，"大约 2004 或 2005 年吧！那一年我自己一个人在台湾，除夕下午练完团后，大家都准备回家吃年夜饭，然后相约过了午夜再碰头。

"跟大家告别之后，我跑到八德路上的吉野家，选了靠窗的位置，自己一个人嗑着双宝丼，然后想着为什么会这样？这种时候，当然也不适合去其他人家拜访，当时手机也不能上网，只好低着头吃饭。一边想着，吃饱之后，在午夜之前，自己还可以做什么？

"当时，我真的很开心吉野家除夕夜有营业。"玛莎苦笑起来。

与玛莎一个人的年夜饭相比，我每一年的除夕夜都很忙。在这个家族聚会的重要时刻，我必须在几个地方穿梭。得赶场跟四组家人吃饭，就算有时大费周章把大家凑在一起，吃饭时间，他们还是会用手机传简讯给我抱怨对方。

"好，这个你比较惨！你赢！"玛莎佩服地说。

在家人间"乔"这些事情是很累人的，但又经常不得不。所以，那个时候我都好庆幸自己初二就要去开工拍戏了。

玛莎心有戚戚焉地说："对！我也好怕'乔'这些唷！我是每次到演唱会前就需要处理这些事。"

玛莎的爸妈彼此间不见面，每次都会为了演唱会要安排谁跟谁的朋友出席而忙到不可开交，比起演唱会的演出内容，"乔"这些事让他更苦恼。话虽如此，**面对家人的事，再怎么累，再怎么烦，也得耐着性子好好处理。**

毕竟，这是人生中无法躲避的相处。

终究是自己的选择

没工作的上午，我会起个大早把家里整理干净。"为什么？"玛莎不解地问。

因为我先生有洁癖。我简洁地回答。先生并没有要求我做家事，但我就是想把家里打扫干净，然后在他起床前，把前一天泡好的黄豆，打成豆浆，如果天气冷，就先把暖气打开，让他走进书房不会感觉到冷。

"我没想到书房居然是暖的。"听到他这样说，我就觉得很满足。

"可你不担心，时间久了以后，他就会觉得你做的一切是理所当然的吗？"玛莎问。

我不会因为"担心"就不这样"做"，也或许，我更加担心有一天我"不想"这样做了。能"选择"对我来说是很重要的。既然选择了"相处"这条路，即便我必须放弃一些独处习惯与模式，也是应该的。慢慢地，我也能感受到另一种生活的乐趣。还是那句话，**既然单身不单身都会后悔，那么我希望自己"结不结婚都不要后悔"**！

约玛莎访谈时，他还是单身。而我们进行访谈时，他已不再是一个人。我们彼此看着，有种相互观望的感觉。如此深爱"自处"的两个人，都突然地，又那么自然而然地走进承诺守候的关系。我想我们会比一般人更加珍惜"相处"的生活方式。

因为对被认为孤僻、不想将就，最终妥协的我们来说，选择、愿意走到这里，是那么地不容易。

彼此祝福！

我敢

在你怀里

孤独

对谈

五月天玛莎

这个时间点，多少人睡了？

多少人失眠了？

多少人还在工作？

多少人还在狂欢？

多少人思念？

多少人最终能面对深夜的自己？

我不会要你丢掉记忆。

因为那些走错的路，我们看见了意外美丽的沙漠与仙人掌。

也因为那些不适合的人，我们更加地认识自己。

剑桥的河流依旧，叹息桥依旧，当年撑船的大学生已不知去向了。

就是这样，故事依旧缓慢地流动。

然后再相遇时，让我们彼此说一声"好久不见"。

生活不易，所幸我总愿意在平凡中
寻找小乐趣。

没有接触的亲密

VS.

近距离的疏离 × 陈绮贞

人最大的悲哀，并不在悲哀的本身，而在于不能悲哀

多年前我的第一本书《一个人的KTV》，里面讲了很多一个人独处时做的事情，那时我一个人旅行，看电影，唱KTV，朋友投以不可置信、同情，甚至怪异的目光，总觉得一个人去做这些事情，大多是因为找不到人陪，是一种勉强。说不定，一开始真是这个理由，但慢慢地，不知道是习惯了，还是发现比起人来人往，我更加喜欢一个人去感受并完成这些事。

多年过去了，我的生活从一个人变成两个人，我感激我的伴侣纵容我保持独处习惯。过去如果你听到我跟先生在同一个时间出门，却到不同的电影院看各自想看的电影，恐怕会觉得"你们夫妻感情不睦"；如今，我们的朋友会说"真羡慕啊，你们有各自独立的自由的空间"，十几年过去，整个社会对于独处有了不太一样的评价。

不管在人生的任何一个阶段，我总觉得"我"就是代表自己，

只需要对自己负责任。现在有了婚姻，我仍试着在两人的关系中找到纯粹的自我。即便如此，难免还是有些束缚，就好比说，以前单身的时候说"秋天好萧瑟"，大家会觉得这句话很浪漫、很文艺；但若是现在，记者就会问："你是不是婚姻不幸福？"我觉得很奇怪，为什么人妻不能觉得秋天萧瑟？不能伤感？不能低落？难道所有的情绪不再是我自己的？还是在找到幸福以后，整个世界都应该变成暖色系的？

不免觉得，**人最大的悲哀，其实并不在悲哀的本身，而在于不能悲哀**。当自己不再是自己，如何能在新的关系下快乐地存活？这是我开始反思"自处／相处"这一题目的由来。

只要离开网络与社群，某种程度就是一种独处

陈绮贞应该是我认识的创作者中，非常知道该如何独处的一

位。她一天上网的时间不超过一小时，不用脸书、微博，家里的无线网络基地台不是 always on，有上网需要的时候才打开。她的手机只要保持 20% 的电力就足敷所需，"应该算我的运气很好，工作期间就算手机突然没电也不会被骂。

"我曾经试过借一支连我自己都不知道号码的电话，只能打出去，也只有某个人可以找到我，我想试试看生活上完全不要受到手机干扰的可能。"绮贞认为，即便是如此，现在的独处与相处也很难区分。往往很多人在一起的时候，也像是在独处，"有几次在演唱会的后台，一排人都在看着自己的手机，我想找个人聊天都没人理我。以前你得去找独处的机会，**现在只要离开网络与社群，某种程度就是一种独处。**"

绮贞说的状况，经常出现在我们的生活中。就像 A 跟 B 在一起吃饭，B 对这个餐厅的感想、食物的口味，他会在第一时间拍照、上传到脸书，却未必会抬起头告诉坐在对面的 A，C 透过脸书知道

B 的状况反而比在现场的 A 还要多，成了**一种没有接触的亲密，或是近距离的疏离**。

对绮贞来说，长时间的独处某个程度上是为了创作，每天花一段时间，规律性地"做功课"，写什么都好，也能够固定产出。

"你没有那种灵感一来就一发不可收的感觉吗？"我问。"那种好像被雷打到灵感跑出来的时候也是有的，"绮贞说，"若要跟每天规律的产出相比，我其实私心更爱被雷打到的感觉。好像老天爷借此机会告诉你，你是有天赋的，而天赋是努力所弥补不来的，这会让你觉得自己是被选来做这件事，有使命感，也因此就算每天都要规律地创作，也不会自我怀疑。"

我终于可以自己选择牙膏了

"如果没有独居的过程，生活就永远是别人的生活加上你的生活的总和，不会是自己的生活。"我在大学时，因为出国念书，就搬出来自己住，第一次意识到真正的独居，是去买牙膏的时候，心里想着，真好，终于有牙膏选择权了。当然，摔跤时，我不喊痛，因为没人会搭理你；出门时，反复检查是否带钥匙了，因为不会有人替你守门。

绮贞说，读初中有段时间跟外婆住，常常半夜十一点半的时候，外婆会打电话给她，要她把房里的冷气打开，去市场买宵夜回来，等外婆回到家，吃个宵夜大概到凌晨两三点才睡。"我们家常常两三点所有人都还醒着，好像大家白天都不用做事一样。"

开始创作之后，共同生活的问题逐渐浮现："晚上写歌或录音的时候，常常听到家人在隔壁讲话；房间太小，衣服放不下，妈妈说可以放她房间。搬出去住多增加开销，女孩子也有安全上的考量，即便妈妈的理由很多，后来我还是搬出去住了。

"刚搬出去的那段时间还有点不适应，半夜太无聊了，又没有看电视的习惯，感觉有点害怕又不知道要干吗，一直犹豫着要不要搬回去。但熬过那段时间后，也就慢慢适应了独居的状态。

"搬出去之后，经济上要自己承担，生活上再也没有被打扰的借口，所有事情必须要自己规划，我觉得我的个性一直到自己一个人住之后，才开始慢慢形塑出一种形状，"绮贞缓缓地说出她的想法，"我其实很鼓励年轻人如果有能力，与其住在家里抱怨父母，不如试着体验一个人住，抱怨会少一点，对自己的认知也会多一些。"

我突然想起她在《家》这篇文章里写到的，"一个人的世界开始膨胀以后，是很难再折叠回去原来的样子……"

人的一生，不是在争取自己的空间，就是在适应别人的空间

一个人需要的空间不用太大，有时候，一个套房就够了；两个人就不同，那不是一个人空间乘以二的算术题，"曾经工作住到豪华饭店的时候我会想，为什么需要两个洗手台？但现在如果要我跟另一个人生活在一起，我觉得两个洗手台、两间浴室，甚至两个厨房可能都是必须的。"

与其说我喜欢大一点的空间，其实是"需要"大一点的空间。可能跟小时候住在祖父家的大平房有关系，因为如此，我宁可居住在房价低、离闹区较远的郊外。在同一个空间里，可以有一块自己的领域，两个人在一起之后，其实不是空间领域被侵犯的问题。而是原本有各自习惯的两个人，因为彼此之间的迁就，让原本需要各自独立的性格受到扼杀，这点，有些人即便有感觉，也未必会表达出来。

绮贞说:"人的一生,不是在争取自己的空间,就是在适应别人的空间。"

在相处上,像这样的事我们常会说"没关系",将就一下就过去了,但其实应该是让"没关系"变成"根本就没这个问题"才对。

前阵子我和先生要准备婴儿房,买了婴儿床后,就得把原本是我们在使用的衣物间整理清空。在这个过程里,虽然身为人母是该奉献一切,但是看着自己的原有空间一点一点被压缩时,心里还是有点伤感。

"能够一个人生活得很好之后,你才知道该怎么跟别人生活在一起。"绮贞这段话,我完全认同,很多人在寻找伴侣的前提,是希望对方能够给予幸福与依靠,但我始终觉得,连自己的生活都搞不定,把责任丢到另一个人的身上,是不公平的。

"有一阵子身体不好开刀，出院之后，为了怕有什么临时状况，我的助理跟我一起住了一两个月的时间。"绮贞说，这是她独居多年后又一次与人同居的体验。

"很奇怪的，有人一起住的时候，另一面的个性会跑出来。我会想每天煮些好吃的东西，问另一个人想吃什么，不再一心一意地聚焦在自己身上，老觉得哪里不舒服，感觉好得比较快。似乎生活中照顾另一个人，同时也等于被照顾。"

单身时，我对吃是比较任性的，基本上只要求不饿就好了，不管营养与否，三餐泡面、pizza、水饺……吃得随便点也无所谓。但两个人住在一起，即便我出来工作也会想着晚餐要准备什么，或是去哪儿吃好呢。那不是谁的要求，而是自然而然对婚姻生活的一种尊重与态度。反倒是我们其中有一个人出差时，另一个人绝对会抓紧机会回到单身乱吃的状态。哈哈！

相处就像是把两个独处放在一起。在一起的时候像黏土，可以形塑成两个人以外的第三种样貌；分开的时候像磁铁，彼此相吸却又各自独立。

让身体处于最舒服的状态

"一个人的心里如果有太多别人的想法，其实还挺不舒服的。"即便经常保持在独处的状态，但人若入世，情绪难免。

"那你如何排解？"我问。

"我曾经听过一场演讲，很多人觉得伤心的感觉是想象出来的，属于一种心理上的反应。但也有研究认为，人觉得伤心的时候，大脑里真的有个地方是受伤的，所产生的情绪反应是真实存在的生理作用。

"以前我觉得心情不好或精神状况不佳，就只能摆着等情绪过去，现在会反过来想，起码让自己的身体处在舒服的状态。"

绮贞曾经问过我，睡前如何放松？我告诉她，"泡澡"是我最喜欢的方式。几天之后，她告诉我，她也爱上了将自己沉浸在水里的感觉。泡澡其实就是一种独处，裸露的身体被框在一个很小的地方。就像小孩刚出生，医院会用被巾紧紧包裹婴儿，那是婴儿在子宫内的原始状态，借由类似捆绑的紧紧包裹，创造出一种安全感。

将身体泡浴在暖暖的热水里，被保护着、被滋润着，也就像是回到生命之初，暂时与世界隔绝的姿态。

面对压力的仪式

每个人在面对大事的时候，需要一些仪式来排解压力。身为歌手，最大的事情应该就是演唱会了。这么多年来，每次演出前我都会想睡上一觉，即便睡不着，在后台平躺一下都好，想象一下接下来演出的流程，如果能够睡着，对于平静心情很有帮助。

"演唱会前你需要一段时间独处吗？"我问绮贞。

"以前禁忌比较多，不能骑脚踏车怕摔断腿，不敢搭捷运怕得感冒，因为从媒体看到很多歌手，在演唱会前倒嗓，或去健身房训练受伤，也因此我给自己很多限制。自从开刀后就想开了，想不到的事情都发生了，最该担心的，反而是自己的幻想。"

　　我好奇绮贞独处时是什么样的状态，她说，"基本上放音乐就觉得自己不是在独处了，看电视也不算，当然上网更不行，唯一可以的是看书，因为看书的状态还是比较可以自我控制的。"

　　独处时就将与世界的连动降到最低，但并未放任自己的想象与思考停滞，而是不被多余且杂乱的讯息所牵制。我同意这个论点。**独处时必须意识到自己，才能够享受随之而来的自由，或寂寞。**

　　因为，此时的我是我，如此真实地在这里，并"不在他方"。

　　唱着《旅行的意义》的她，这样的一个女孩子，我以为她会喜欢一个人旅行的。但其实她宁愿有个伴一起在外探索，是比较心安的。这未必不是一种独处，在有人的照应下有时候更能完整与放心地跟自己相处，这是可以理解的。

　　我不禁想，在舞台上，闭着双眼悠游在音乐里的她，跟台下的观众，都在各自独处着，或一同相处着？我不知道。这问题问我，也没有答案。不过我确定就像她歌词里写的，"我是1，不是孤单的个体。"

　　无论在哪里。

我敢
在你怀里
孤独

对谈

陈绮贞

陈：创作就是要从无聊开始。

奶茶：总是感觉现在的有些创作不够专注与纯粹，所以会比较不耐。

陈：我自己是做音乐也是听的人，其实听觉在时代上并没有改变，常常有人觉得以前的歌比较好听，我觉得以前的人应该也是这样觉得吧，就像怀旧是永远的流行啊。

奶茶：像是我们觉得过去比较淳朴、不塞车，生活比较容易，但其实是对过去的想象。

陈：对未来乐观的人往往少数稀有，因为多数人对未来不确定，通常会设想将来可能会更糟，会觉得过去比较好。

奶茶：生活中最不可缺少的东西是？

陈：我不能没有一本书在旁边，要不然会有点慌张。

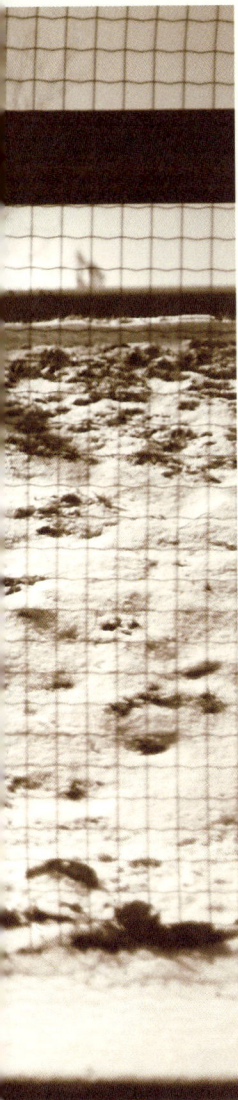

感情的世界没有输赢，

只有谁更无法失去谁。

会不会······

当你滔滔不绝的时候，其实是因为不知道要说什么？

当你表现很勇敢的时候，其实是因为没有信心。

当你展现男孩子气的时候，是因为不想让人看见女性柔软的那一面。

当你想见一个人的时候，他出现时，你反而不敢看他的眼睛，甚至当他不存在。

当你大笑的时候，其实想掩饰你的悲伤。

当你喧闹时，其实是孤独的······

然后，他们眼中的我们，其实不是真正的我们。

久了以后，我们也忘记了我们真正的自己。

繁华背后的孤独 × 林奕华

有一种朋友，不需要太常见面，只需偶尔通通电话、约喝咖啡。但不管多久没见，只要见了面说上话，这段没联络时间所发生的大小事，仿佛心意相通般都在彼此的掌握中。

我跟奕华就是这样的朋友。

一个人的扮家家酒世界

与奕华结缘于《半生缘》，那是一部改编自张爱玲作品的舞台剧。他是导演兼编剧，而我是他的演员。

"说起'自处'与'相处'，就等于任何一部戏剧组成的基本要素。"奕华说着，轻啜一口感觉滋味微妙的甘蔗柠檬汁。

我想起自己童年时，独自躲在衣橱里玩扮家家酒的过往，在那昏暗的衣橱里，虽然只有我一个人，但我却巧妙地建构了一个小小的世界，试着扮演那世界里每一个角色，揣摩他们心情、说的话、可能的反应，将一个个小小事件，发展出一连串的故事。但每一个都是我，这个世界里不只有我，也只有我。

那时候，为了揣摩被打的心情，我还试着赏自己耳光。

在那小小衣橱里，我成就自己的独处，也试着练习与想象中的世界的相处，并思考着所谓"人生"这样的命题。

想起童年时的回忆，我忍不住笑了。

或许，戏剧或人生的组成要素真是这样。

每一个独立个体都是一种独处的状态，但除非离群索居住在深山里或孤岛上，否则我们没有办法不跟其他人接触；即便是离群索居的人也必须和环境相处，与其他生命相处。所以"相处"是生命的必要议题。

许多"自处"、"相处"间的因果循环、层层相扣，经由编写、流传，则从"人生"演变成"戏剧"。

　　"说到底，人的个性决定了命运与爱情，你的人生，也许从躲在衣橱里独自进行扮家家酒的游戏时，就有了决定。"奕华笑笑地说。

　　但，有这么严重吗？我怀疑。

二十分钟的独角戏

　　"说真的，人能享受孤独是一种福气来着。"奕华说，"因为孤独可以让人静下心来思考，培养自己解决问题的能力。

　　"孤独是一种重要的人生经验，在我的一生中独处的时间挺长的，很多东西就是在独处中慢慢磨出来的，那些东西没有办法从讨论中得到答案，非得一个人静静思考、步步琢磨才行。像跟你合作的《半生缘》就是这样，戏剧里许多东西可以用排练排出来，但有更多的东西是掌握在演员的手上，身为导演，我必须相信演员，让他们帮我去鼓励其他演员，安抚其他人的情绪，好的作品就会逐渐地完成。"

我想起那出戏里面，我有一段长达二十几分钟的独白，一直到演出的前两天，我还完全不知道那段独白要怎么演出。

背二十几分钟的台词并不是太大的问题，但要如何适切地表达出角色的情绪，让整部作品的感觉与节奏不会因为这段独白演出而中断或变得不自然才是大挑战。

但后来，我发现，看似"自处"的独角戏，其实也是跟戏剧里的其他角色有关联的，我可以从其他演员的表演中，找到表演的脉络。看似独角戏，其实在我的脑海中，一直有着对象。看似空荡的舞台，我的心中却有着温度、景象，甚至气味。

当我意识到这些时，二十几分钟的独白演出就水到渠成了。

这个经验让我知道，不论是"自处"或"相处"，能打开自己与外界的渠道，"信任其他人"这件事是温暖的。

对"创作者"来说，独处是绝对的必须。但在完成作品（特别是戏剧）的过程中，却需要高度相处的技巧。

"毕竟我们不可能自己演完戏里面的每一个角色，所以在完成作品的过程中，每个人都要控制自己的任性，互相配合，才可能有好的化学反应，成就好的作品。"身为导演的奕华这样说。

创作是独处的过程

我很少重看自己的演出。即便在拍摄现场，也不愿意去看监视器，有什么需要调整的，我请导演告诉我。

对我来说，演出是很直觉与一瞬间的事，我的表演在完成的当下就结束了。

在少数回头看的过程中，我无法只是看戏，总是会产生"用别的方式表演会不会更好？"的犹豫，有时也会怀疑起"片中的那个人真的是我吗？"的错觉。

　　所有的创作方式里，我最钟爱"写作"这类可以独立完成的形式。在写作的时候，我只要考虑自己情绪与思绪就可以爽爽快快地完成一部作品。就像在怀孕的过程中，能够不必出门，不必化妆，不必和任何人开会取得共识，这时期的我特别适合这种创作方式。

　　不过，就连写作也一样，出版之后我很少将作品完成重读，我想把写作当时的心情与想法原封不动地封印，成为一种"已完成"的记录。

　　事实上，比起我，奕华在写作上更有毅力，他经常忙到三更半夜，已经精疲力竭了，还是可以打起精神来写稿。我就没办法这么做，对我来说，睡觉很重要。

　　"说真的，创作这种东西类似'自动导航'，就好像你请人来家里吃饭，你把菜买好、菜单写好，但你人根本就不在家，然后客人就自动上门，在家里陪你吃完一顿饭那种状态。但我觉得，**那也是一种孤独，是一种繁华背后的孤独。**"奕华说。

　　这样的状况也许可以解释成——创作是独处的过程。但作品完成后，就具备了独立的人格。之后与读者、观众或其他人相处与沟通的，是作品本身，而与创作者、演出者无涉。

"生完就知道了"的恐吓

　　奕华笑笑地对我说："其实怀孕也是一种创作的过程啊！"提到这个，我又不得不心跳加速起来……

　　演戏、写作我有很多经验，甚至可以精准地预测作品可能呈现出什么样子。但怀孕生子，就没办法这样。

　　再者，以作品本身来说，戏剧杀青、写作完稿、录音结束后，作品就跟我某种形式地脱离关系，但孩子生出来之后呢？

虽然我总是嚷嚷着很想工作，想独自去旅行，甚至为了达到这些目标，尽可能地做足准备。

但最后真的能这样吗？

很多朋友都跟我说：你现在不用想太多，"生完就知道了。""生完就知道了"，这简直就是世人对孕妇最大的威胁。

生完后，我会知道什么呢？想到这里又是一阵担心。很多人以为喜欢独处的我，是因为不相信别人。但其实，我不信任的人是我自己。我很担心相处的破局源自于自己的背叛，若离开的人是我怎么办？我该怎么跟对方说呢？我该怎么让他觉得没那么糟呢？

"哈哈！"听我说到这里，奕华笑了出来，"那是因为，一直到今天，你都还在找自己吧！

"反正很多事，到时候就知道了。"他对我这样说。

"到时候就知道"，妈啊……又一个恐怖词。

　　我突然想起怀孕的结束，是我与这个新生命另一个形式的新开始。我无从回看，必须向前看，而且与他一起。这样的创作形式对我而言从所未有，然而我想起《半生缘》舞台剧上那二十分钟的独角戏，不知为何却豁然开朗起来。

　　而那个虽然看似潇洒，谈到旅行总是能说走就走的奕华，就像他常在戏里文字里安排的纠结，我猜想在自处或相处的课题中努力找寻平衡的他，都还是有着与我们不同的，多层次看法吧。

就算我再次绑起马尾，演绎过往的自己，很多事终究是"回不去了"的。

然而我却感恩自己保留了记忆、欢乐、勇敢……

我从不对过去"告别"。我只是背负着它往前走，也因为如此，我才知道我比以前更有"气力"，才发现我们比想象中坚强。

而那些气力与坚强，是练习与累积出来的。

过去无数个过年，常常在研读剧本中度过。

记得拍张爱玲的那年过年，特别地冷，一口气买了三个暖炉围着我，偌大的餐桌，摆满各种资料。近十天没出门，也没接电话，搞得同事跑来家里，结果看见幽暗的灯光、蜡烛、pizza盒，还有裹着花布单、蓬头垢面的我。拍摄《似水年华》也在过年后，因为也参与剧本创作，整个过年都跟电脑、传真机为伍。还有《人间四月天》……

好像许多戏，都是大年初五开机，以至于我的过年，常与剧本做伴。

几年没有拍戏了。原因很多。

而今年过年，除了不停地吃，不停地悔恨吃太多，与各地的家人开心团聚叙旧……很多时候，我又开始回到新剧本上。

今天坐在电脑面前，那个很熟悉的自己，较劲、琢磨、喃喃自语……好想跟人分享啊，可是正常人都去旅游休假了。突然觉得自己像傻瓜。独自着急什么啊？

但，这就是我啊！我比较笨，真的需要早点开始准备。总希望能对得起自己的作品。

所有的创作都是孤独的，研读剧本也是。我细细品尝享受这过程。

偷偷告诉你们……研读准备期才是整个拍戏过程中，我最喜欢的部分。哈哈。

2014 农历新年

独处是一种精神上的自由 × 宋冬野

你应该也有这种经验，在某一段时间里，总是重复听着同一首歌。忘记听了几遍，听到觉得自己像消失了，钻进那歌里去了。

那一阵子，我的主题曲是宋冬野的《鸽子》："迷路的鸽子啊 / 我在双手合十的晚上 / 渴望一双翅膀 / 飞去南方南方……"就这么听久了，自己也想唱，于是问了他的联络方式便冒昧地写信过去，希望得到他的授权。尊重创作者是必须的。没想到很快得到他的飞鸽传书。就这样一来一回，纵使未曾谋面，也算有些小交情。

局里的局外人

同年秋天，宋来台北做演唱会。我让经纪人去买票，没想到，他们邀我做嘉宾。当时我的肚子已经七个多月，而且在那之前，怀孕的我从未现身于媒体之前，但还是一口答应了，因为我喜欢他的歌，那阵子，他的歌就是我。

　　演唱会当天下午的彩排，是我们第一次碰面。他看起来害羞又紧张，而许久没有演出的我，在握住麦克风的当下，竟突然有种陌生的感觉。我想起前往彩排地点的路上，因适逢选举前的周末，闹区里正在游行，这是我熟悉的台北，塞在车阵里，然而车窗也隔绝不了那些高分贝的诺言与谎言，即便在台湾游行活动再平常不过，尤其这些年，但还是感觉很疏离，或许我对这事，注定无法习惯。

　　有时人生就是熟悉与陌生的交错。我跟宋说，办演唱会的这个地方，叫作"台北国际会议中心"，因为陈升的演唱会，我在这里跨了十个年，从当助理到处找人上台，到自己在台上唱，这是我再熟悉不过的地方了。但没想到晃眼经年，想上个厕所竟然找不到位置，记忆中了如指掌的地方，变陌生了。当天晚上也是第51届金马奖典礼，前一年因为当评审，还坐在颁奖典礼上，煞有介事地演了一晚上的优雅；今年，怀孕，当了演唱会的嘉宾，虽然有理由可以不去参加，却突然觉得自己是局内的局外人，又是一种熟悉的陌生。

陌生人的纯粹

我们需要熟悉所带来的安全感，也需要陌生所给予的刺激感。熟悉与陌生，在一个人独处时经常交替出现。我问宋，一个人听音乐的时候，会戴上耳机吗？他说，戴耳机听音乐是他的一种习惯，偏偏一个人的时候戴上耳机更没安全感，因为现在耳机的隔音效果都太好，反而会全神贯注地去听外面的声音，生怕耽误了什么事。

"所以在戴耳机前还得有个仪式：找个绝对安静的地方，把门都给锁了，确定屋内什么人都没有。"他说。

"你平常一个人的机会很多吗？"我接着问。

"多，基本上都是一个人，不想出门，懒。"

宋说，他最长一个人独处的时间是两个月，"就在家啊，醉生梦死，"吃饭就叫小卖部老板送几个馒头上来，死都不肯下楼。奶奶去世、女朋友跑了，那段特别低潮的时间，就成天写歌，他说《安河桥北》这张专辑里，有五六首歌，都是那时候写的。

"低潮期，"我想每个创作人都有过这段过程，"通常都是这样。"而在低潮期和自己的对话，纵然孤独，却绝对是弥足珍贵的。

情感是创作的养分。自己的爱情，别人的爱情；自己的亲情，别人的亲情。创作的时候，会把自己放到别人的位置上，写歌是这样，唱歌是这样，演戏更是这样。

"对，很多创作是聊出来的。"他说，有次他跟个小姑娘聊了一整晚，她很小就离开家，爱情、亲情都很坎坷，全中国走南闯北，却没有人可以听她讲这些心底事，当天晚上就一股脑地讲出来，"我特别喜欢听这样的故事，有些会写成歌，每回有人在放这歌的时候，我总会想，这就好像有好多好多人在看顾着这个小姑娘。"

我想到我第一本书里面有一篇《我的三十元的秘密》，有回搭计程车从 A 地到 B 地，车费大约是七十块钱，在路程中，司机问了好些问题，我都一五一十地回答，我从没如此诚实地回答过一个人，毫不避讳隐私的问题。到了目的地，拿一百块给司机，跟他说不用找了。下了车，好像用这三十块钱守住了我的秘密，这车、这司机，就仿佛带着秘密离开了。

有时候，陌生人的关心与倾听是一种纯粹，也没有负担。

思想上的自由

大部分人的独处，意味着一种自由。不需从众，可以自我。

宋有很多事习惯在自己的家里做，用自己的方式在家里录音，趴在床上，胸前垫两颗枕头，拿铅笔写歌。

而我，在家里，动不动就想擦个地板，这里摸摸，那里弄弄，整理房间，把家都整理一遍，人也累了，只有个方法，结果把自己关在一个地方，像是饭店。我每次写书的过程都很拖，出版社一直催稿，总要等到某天想写了，发狠把自己关在一个地方，一口气花两个礼拜把过去一整年想的事都写出来。

但独处不只是个空间的命题，某个程度来说，纵使一个人走在人潮拥挤的大街上也是一种独处，这是精神上的。宋很在意一种精神上的自由，他说**"真正的自由是思想上的自由"**，举了个例子，在电车上看到一个非常令人讨厌的流浪汉，很脏又很丑，这是表象，但你可以透过想象去理解这个人，他过得很苦，生活得很不堪，也可能亲人刚过世……"我可以在面对一个人的时候，脑子里疯狂地编写这个人的故事。"这与事实未必有关，却让想象的摆置得以伸展。

这很像我们演员演戏前的准备工作，先研究角色穿什么衣服、想什么、做什么。演戏说穿了就是玩扮家家酒，小时候拿起娃娃说自己是国王的时候，只要一变低声讲话，就真的觉得自己变成国王了。那个当下，我们好相信啊。

"如果可以在脑子里建构一些真实，应该就算是思想上的自由吧。"

离开是为了回来

"你的旅行都有伴吗？"

"大部分都没有，在网络上查特价机票，看到日期近、便宜的，就走了。"

"通常离开家多久会想要回家？"

"两个礼拜。"

好像多数人离开家到了一段时间就会想家，长时间奔波在外的我更认同"离开是为了回来"。流浪的结果终归一种极度想家的感觉，化解了离开前对身处世界不完美的怨怼，还是接受了、挂记了，是如此习惯的，原来的地方。我平常从来不会觉得台北有多美，但要是离开家的时间久了，就会觉得，其实我们台北市某些转角处的大树也挺美的。

"就像你一回北京，立马就想去吃个烤鸭或涮羊肉，我也一样，快来碗蚵仔面线！"

这也好像独处跟相处，如果总是一个人，就不会特别需要独处。大家都想要独处，又当不了离群索居的隐士，那是因为独处与相处原本就互为因果，共伴相生。

叛逆的平衡力量

亲情与爱情，向来是自处与相处上的重要课题。

宋有着很长时间的叛逆期，照他的说法，就是个"顽劣分子"，做过很多坏事，抽烟、喝酒、打老师、打群架，不爱学习，看到老师就烦，特别愤世嫉俗，觉得自己看清了老师之间的明争暗斗、收受贿赂，用叛逆来当作自己伸张正义的一种方式。

在这段过程中，那位住在安河桥北的奶奶，成为他人生中关键的平衡力量。

"我的父母就是严密封锁打压，不让弹琴得好好学习，所以我常离家出走，跑到安河桥奶奶家那边，就是要什么有什么的大少爷。"奶奶的溺爱，在反叛心理严重的时候，给了他很大的安慰，让他不至于一直都扮演着"顽劣分子"的角色。"以前觉得青春期太漫长，现在又舍不得。当自己一个人弹琴写歌，所有人都不支持的时候，可能就是这点叛逆成了力量。"

人独处久了，在相处这件事上，会需要点磨合。

我跟宋现在都算是"有伴儿"的人，他有个交往快两年的女朋友，跟老朋友也是民谣歌手的尧十三住在同一个屋檐下。他说，两个人平常各干各的，虽然彼此才隔一道门，但常常一整天都见不到面，碰巧两个人都觉得没劲的时候，就出来瞎聊一阵。这是一种很好的同居状态，越是亲密的关系，越需要生活上的缓冲空间。

而我家现在是这样的：一进门，我先生往右走，我往左，我们共同的空间是中间交会的厨房与餐厅，他在他的空间做事、说话，我是完全听不到的，反之亦然。你会说，这样跟一个人在家的状况一样吗？知道他在同一个家的另一个角落，其实心理上的感受还是不太一样。

宋说，他现在这么年轻，天天就想跟女朋友腻在一起，爱疯了，做不到像我这样。其实我先生一开始也是这样的，他希望有个大书桌，他的电脑在这头，我的在那头，书房一起用就好。

但不知为何，我总觉得这样很像网咖……**我刻意将两个人的书房安置在家里最远的对角线，一个人自己住二十几年，有很多事我都是自己慢慢完成**，对我而言，拥有各自独处的空间，可以让相处走得更长久。事实证明，我们都对这样的安排感到非常舒服。

为什么就不能有感情点？

我很喜欢问朋友这个问题："对你来说，生活上有哪些东西是绝对不能没有的？"

宋的回答很有趣，他说，音乐可以没有，但老婆跟猫不能没有。因为不能没有，所以有一种相互的依存，像宋跟他的猫。在他的眼中，猫不只是猫，他的猫叫"我日"，"我喊它'日'，它会应我'喵',喊它'饿吗','喵',接着就把你往食盆的方向带。

"对一只猫,你可以把它想成是没有感情的生物,但为什么就不能有感情点?像它这样看着我,应该是把我当作男朋友吧。"可能是人跟人之间的关系都太复杂,与动物之间的感情,相对来说单纯些。

"我喜欢把大家认为没有感情的事,想成有感情一点,虽然有点自欺欺人,但欺久了,就习惯了。"

勉强去做害怕的事

常常我们会听说"某某人很不好相处……"云云,会让人有这样的感觉,不外乎两点,一是固执,二是害怕。

我对想做的事还好,但对不想做的事,特别固执。"宋说的,

我敢
在你怀里
孤独

对谈
宋冬野

其实大多数人都是这样。我是从助理做起，有些艺人到了录音室会跟我说，今天的温度不对、湿度不对、吃的东西不对，他不想唱。"记得有位女歌手来录音，她的茶一向都是我泡的，那天祖父生日，请了假没去录音室。升哥打电话来，劈头就问："歌手说其他人泡的茶都不对，你用的是哪一包茶？用什么水啊？"

　　以前会觉得艺人是找麻烦，后来我当了歌手，瞬间就能理解这样的行为：因为我没办法跟你讲，今天没感觉，人对于不想做的事，表现出来的态度总是意外的固执。有时候，勉强自己做的事，通常就是你害怕的事，**而你越害怕的事情，越容易遇上。这就像墨菲定律，面包掉到地上或咖啡打翻的次数，会跟地毯的昂贵程度成正比。就像在爱情里，你会离开一个人的原因，往往也会是你爱上他的原因。**

　　"我特害怕以后会变成你眼中耍大牌这种行为。"宋是酒吧走唱出身，"我前两天还在想，再给我一个场子，下面就坐了五个人，有人喝酒、有人睡觉，我还能不能表演得下去？有机会我很想试一试。"

我跟宋都是不喜欢上电视做宣传的歌手，他说，他上节目会害怕，试了几次，效果也不怎么好。我呢，虽然已经当艺人很久了，但总是会犯个老毛病，老忘了我人在电视里，就看着主持人发傻，以为自己也在看电视。

在工作里，常常面临选择"做"与"不做"。我的方法是，如果选择"做"，就不给自己做不好的借口，像是演唱的音响或设备，不管多差我都唱。所以，到现在我一直有个习惯，不论大小场子的演唱会，常常不戴耳机，或顶多只戴一个。

每个人都有精神外遇

"你能够接受精神外遇吗？"

"每个人都有精神外遇。"

我知道宋有个感情稳定的女友，问他这个问题，不是八卦，我一直鼓励朋友，有一些精神上想象，好过临老入花丛。身边有不少五六十岁的男人，突然间都交了年纪小很多的女朋友。这个年纪的男人特别需要别人的崇拜。

他根本觉得精神外遇是稀松平常的事，反而对于崇拜很感冒。别人的演唱会是为了签售商品，他的演唱会却是场上玩得很嗨，结束之后的签名最痛苦，"我最怕那种举着荧光铭牌的歌迷了。"他说，自从出了名后，经常在饭局上碰到人，"宋冬野，我好崇拜你啊，能不能一起喝一杯？"他反而会注意到角落上某一位一直没搭理他的，"他一定不知道我是谁，太好了。"

这一两年他红了之后，围绕在身边的人越来越多，好听话肯定也不会少，"得承认有时会很浮躁，觉得自己很厉害，就像小时候的叛逆心态，会觉得'终于有这一天，总算把你踩到脚下了'，当然会觉得这样是不对的，会严重谴责自己。

"有时候也是真心觉得自己不行，会的不够多"、"很多人看了媒体的报道，就觉得你很有才华，很特别，但其实我私底下是另外一个人，大家都以为我就该像媒体写的那样，这感觉，就好像我小时候怀疑明星也会上厕所一个样。"

我觉得他是个清楚意识到自己，并持续不断探索自己的人。身在日渐不自由的环境里，更将那得来不易的自由捧在掌心。喜欢跟宋聊天，特别直爽、直接，害羞的眼睛里有着闪亮亮的光芒。我从后台看着他舞台上的背影，都11月还流着汗。那不是天气热，是他音乐与生命里的炽热与赤子之心。不知道何时还能见面，到时，希望他弹着吉他，我可以轻轻地哼唱着，然后好好地跟他干一杯！

奶茶：你喜欢唱 KTV 吗？

宋：不喜欢。

奶茶：好吧！那是因为你们都会乐器，像我就很喜欢一个人去唱 KTV。尤其是喜欢唱下午场，因为人少又便宜，哈哈！

宋：我一个人没去过，好多人都叫我去 KTV，"唉啊！你去啦！我们一起唱你的歌"，听到这我就更不去了。

奶茶：最怕人家进 KTV 就要点我的歌，还对着我说来唱一个，尤其是有 MV 的时候，超尴尬，那些当年做作的表情，微张着双唇、傻呼呼地看着镜头、最后一定要来个释怀一笑。

宋：太可怕了。在 KTV 唱自己的歌的感觉，就好像跟别人一起看跟自己演的 A 片一样。

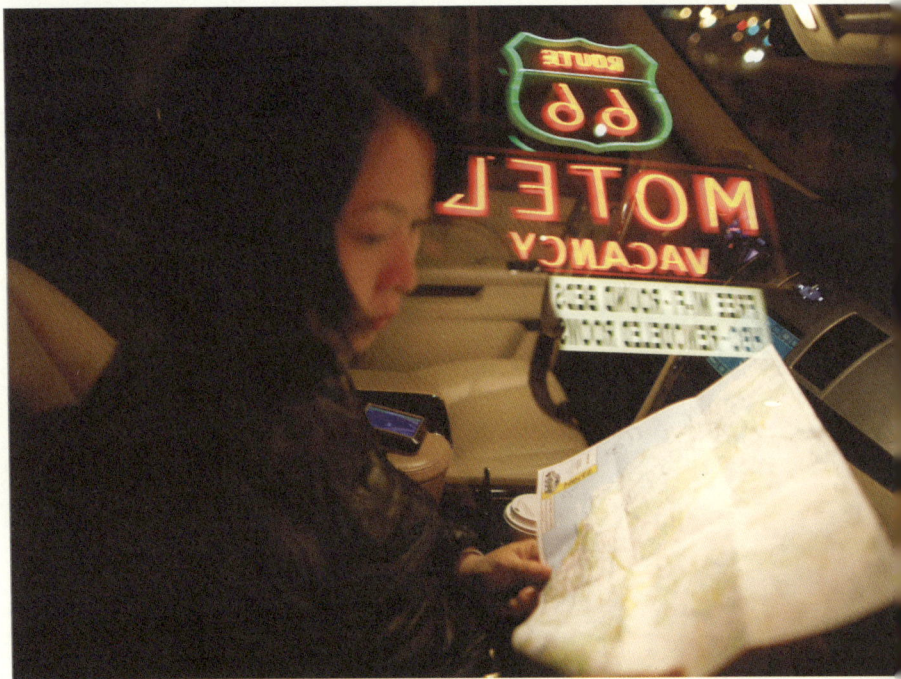

身体可以老，冲动不能没有。

整理 CD 的过程中，会被留下代表什么呢？

喜欢那个歌手？喜欢那首歌？喜欢那个年代？还是那时候的自己

值得被留下？

曾经，我常年随身带着护照想去哪儿，兜里的钱够买机票车票就上路了。曾几何时，老因为这事那事磨磨蹭蹭。他们说，那是老的象征。

以前，我也想象我、琢磨我、以为我、认识我，那是我吗？

后来，听着别人谈论我、猜测我、靠近我、认识我，那是我吗？

现在，开始有人假装我、扮演我、编造我，还写假自传文体？

哈！唯一能确定的是，那绝不是我。

美好相处是可以练习的 ╳ 王浩威

搭错车的恐惧

如果人生是一段巴士之旅。我会是那种就算买错车票搭错车，也可以安然欣赏窗外风景的人。尽管如此，难免还是会好奇，如果一路都买对车票，从不曾迷失、绕路，循规蹈矩地进行我应当走的旅程，那么看见的风景又会是什么呢？我会比现在安逸？快乐？痛苦？遗憾？

如果就顺着买到的车票走下去，最后会到哪里？回得了家吗？

啊！我真是一个"好奇杀死自己"的双子座。

"这个问题可以从源头开始讨论起，"身兼心理医生与作家的王浩威，以沉稳语气顺着我的疑惑，提出了一个大哉问，"什么是你的'家'？它的构成要件是什么？"

"家"对我而言，当然是有家人的地方就是"家"。不管去到多远的地方，最终要回去的地方就是"家"。我揣测心理医生想要告诉我的事，但我没这么容易屈服的。我试着扭转话题，不落入王医师的题目里。

"对啊！那你就继续在旅途上（on the road）就好啦！不要想'回不得去'这样的问题，继续前往人生的下一站就好了！"他一派轻松地说。

好吧！我也不想转弯了，其实我说的就是即将当妈妈这件事情。很多决定，是可以后悔的，即便是婚姻，再难堪都还是有退路；但是"人母"这件事情，真的是一辈子。上了车，只能一路走下去。那是一个新生命，从自己的生命中诞生……我当然有很多的期盼，但也有更多的害怕。尤其独处惯了，也好不容易适应了两人世界，现在又要开始学习另一个新的开始……旅程至此，不免惊慌失措。

"身为人母这件事是个承诺，一种转变，也可以说是一段陌生的旅程。比方说，还没当妈妈以前，你可以享受独处，拥有自我的空间，但当妈之后，藏在身体里面的母性会逐渐占据你的身心灵。**这种精神状况跟疯狂很相似，一旦陷入这样的状态，原本的自我就不见了，会被另一种精神状态所占据**。其实初为人父也是这样的。这是一种很有趣的状态。"王医师笑笑解释。

"失去自我"很有趣？有趣在哪里？我忍住打从心底想大吼的欲望。

我最担心的就是这种事情，这也是我最矛盾的部分。如果说，能够自然而然顺应天命，被母性所占领，转换成那样的状态也就罢了。但，如果我不是呢？如果转换到一半就停滞了，或是转换到一半，想折返回到原来的状态，那该怎么办呢？

当然，我可以几乎百分之百地确定——我回不去了。

"其实，这就是最棒的部分。"王医师以肯定的语气说，"因为，你就算买对票上对车，你还是会想跳车吧！"果然，一语道破我的心情。

这么说，也不无可能。我点点头。

"所以，这就是先天个性的决定。"这结论似乎将话题勾回到最初的起点。上车的人，不是别人就是我，因此不管上哪班车，我似乎都会在矛盾里挣扎，陷在对与错之间的差距。

但那又何妨？这就是我。

极度悲观的乐观主义者

聊着聊着，我们看到一对老人家从窗前经过。

那是一对看起来很幸福的老人家，两个人穿着法蓝绒的格子夹克，头上戴着似乎是手工一针一针织出来的毛线帽，手牵着手，以缓慢的步调，在冬日暖阳下散着步。

"这就是一种幸福啊！"王医师感叹。

是啊！一般我也会这样想，甚至拍下来，写下温暖的字眼。但是内心深处，我总忍不住地想：看起来是这样，但你怎么知道他们心里在想什么？这是我一贯的反应，总觉得幸福的外表下总会隐藏着某些不为人知的苦涩。**我的性格是，看见了散发光芒的月亮，总好奇它阴暗的那面是什么样子。**

"对事情的看法，经常是人心的投射，当人的心里想着什么时，就容易对眼前景象作出类似的推论与假设。"王医师笑笑说。

所以说，因为我是一个悲观的人，所以无法轻易接受单纯可见的幸福吗？哪怕只是一对在冬阳下牵手散步的老人吗？事情没这么单纯吧！

"我可以看出你个性的基调是悲观的。"王医师说。

是这样没错，但我的朋友都说我是"极度悲观的乐观主义者"。我认罪。

我遇到事情总是先假设最坏的状况，但如果事情最后没我想得那么糟，就会觉得自己赚到了。但如果，事情跟我想的一样糟，就会觉得，OK 啊，反正最坏的状况都设想过了，再糟糕的情况都做过沙盘推演了，我可以应付得了。先把自己置于死地，就没什么可担心的，如果没有可担心的事，自然而然就会乐观起来。这算是我善待自己的方式。

比方说，我看电影时，经常就会想说，如果电影中的那些不幸，如生病、破产、灾难、车祸发生在我身上，我该怎么办？又比方说，我怀孕了，担心的事情一定会有，该怎么办？当然，老公跟朋友都会劝我，要想正面的事情，坏事就不会发生在我身上，小孩生出来一定会健健康康、漂漂亮亮……

但是所有即将做妈妈的，都曾经害怕过吧！

"你这叫作'灾难妄想症'，跟我女朋友一样。"王医师笑了。

对！但这就是我怪的地方，我看事情是悲观的，但是我都用乐观的方式去过生活。

朋友们心情不好的时候，我没有办法理直气壮地跟他们说什么"否极泰来"之类的话，反而会用语气沉重告诉他们，"事实上，现在可能不是最糟的状况喔！接下来有可能更糟，既然这样，就该开开心心地面对现在的状况。如果最后那个最糟的状态很幸运地没发生，那就真的是赚到了，面对眼前这个不那么困难的困境，就更没有理由不开心了。"只是，这样看事情的角度真的能成为一种安慰吗？我想着。

"有种说法叫作'最虚无的，才会最积极'，因为好跟不好是相对的概念，'既然面对什么事都无所谓，也没有非得要完成什么事不可的话，那何不干脆放手畅快地生活？'当人这样想的时候，不自觉地就会变得积极起来。而且，人生真的不用这么悲观，不需要凡事都往坏处想，这世界上所有发生的事情都有它'有意思'的地方，试着去寻找事情的有趣处时，就会自然而然地看见事情的本身。事情通常没有所谓的好或不好，遇事的当下，所需要思考的是根据事情的本身去判断与决定'解决'或'不解决'就好。认真活在当下是最好的生活方式，更别提，很多事如果拉长时间来看，好与不好之间并没有那么绝对，既然是这样，那就更不用这么在意。"王医师给了个带点禅意的答案。

阿弥陀佛。我在心里默念。如果真能那样就太好了。

完美的父母

我从没想过"同居"，除了家里传统的小小压力，还有因为我怕同居了就没了结婚的冲动。但有时候，我还是蛮羡慕像王医师这样的生活方式——未婚，有共同居住的生活伴侣，没有小孩。

你为什么不想要小孩？我忍不住问他。

"理由之一是，我们在一起的时候，两个人都已经太老了。"王医师坦率地回答。

但若人生可以重来一次，你会想要小孩吗？我锲而不舍地问。

"人生是无法重来的。"他停顿了一秒接着说，"我想，我的人生再也没机会体验另一种生活，当然，我现在比较可以了解，自己当初为什么没有生小孩，因为没有把握机会，培养自己有足够的能力做一个好爸爸。想要当完美的爸妈是很不容易的，首先情绪管控要好，要像亲子书写的那样具备很多心理与生理的条件，我觉得自己做不到。"

话是这样说，临盆在即的我，也没把握自己可以成为典型的"好妈妈"。

当然，以前也曾经想过，如果自己的爸妈是没有缺点的完美父母有多好！

但又不禁怀疑起，被完美父母以无懈可击的方式养大的小孩会是什么模样？

起码个性应该很温和吧！（因为在没有争吵的环境下成长。）

但也许会长成相当无趣的人，过着索然无味的人生吧！就像一直住在橱窗里面的模特般，无瑕却也没有值得对人说嘴与回忆的故事与经历吧！

"很幸福，但也很平常，可能会比较缺乏创造命运的活力，因为看到父母都很幸福，就会自然地觉得，如果生活这样幸福美满，我还需要追求什么呢？"王医师笑笑。

没错！像我们这种一路苦出来，得靠自己闯出一片天的小孩，才会有追求理想的原动力。

所以，如果爸妈的不完美，不必怨天尤人，换一个角度想，也许是磨炼有生命力小孩的要件之一。

说到这里，我想起小 S 跟我分享她的育儿经验。

小 S 的第一个小孩出生后，完全不想去工作，只想日日夜夜抱着她，细细地呵护小孩生活里的每一个细节，想尽办法给她一切最好的东西；等到第二个小孩出生，她就稍微放松点；第三个小孩出生后，又更放松一点。

她又举了一个例子，第一个女儿出生时，她每天赶回家说一个枕边故事；到了第二个女儿，她说一半；到了第三个女儿，她的故事又更短一点点了……

结果三个小孩一样健康快乐地成长，但依赖程度就稍稍有差别。

人生不需要为自己打分数

很多人都觉得我太忧虑。

比方说，在即将临盆的此刻（跟王医师访谈时，我已经怀胎八个多月），我还忙着规划产后即将出版的新书，并与朋友们约时间对谈"自处"与"相处"的话题。我希望在生产前完成大部分的文字初稿，以便在坐月子期间可以好整以暇地完成稿件校对（反正那时候，我大概也只能躺在床上看稿改稿）。

"在月子中心改稿校稿什么的，会不会太夸张一点？"听完我说的话，王医师不敢置信地问。其实，我也知道这些紧锣密鼓的安排有些夸张，但我了解自己，让我躺在床上一个月啥也不做，肯定会忧郁。

况且，答应别人的事情，我尽量不让人失望。

这个工作是在我知道怀孕前接下的。出版社知道我怀孕时，第一时间问我怎么办？我反倒很自在地说，"继续下去啊！"我非常感谢这份工作，美其名是访谈，其实就是聊天……这让我在这段特别的日子里，经意也不经意地记录些什么。而今，我都快要生了，如果不利用这段时间密集安排访谈、拍照，挪出时间完成初稿，再充分运用坐月子躺在床上的时间改稿，我怎么可能完成对出版社的承诺？

说到这里，外人看起来，我像要逼死自己，但是我却是很快乐的。

我有自己的节奏，别担心！

我不会高估自己的承受能力。我与亲姐姐，两个人是完全不同的类型，姐姐是那种明明自己只有做到 80 分的能力，但为了怕别人失望，她会努力让自己做到 100 分，以 100 分为目标努力，很辛苦。而我不是这样，我如果知道我可以做到 80 分，我会告诉对方，我最多只能做到 60 分，就不会被压力逼疯，如果我真的只做到 60 分，我就会觉得说，我告诉过你的，我只能这样，但如果做到 70 分，对方就会觉得他赚到了，但若最后，我做到了正常状态的 80 分，对方就会觉得我超棒！！

但我偶尔会反省，总是这样处理事情的我，是不是很坏？

"倒也谈不上坏，"王医师皱着眉头想了一下说，"你的处理方式比你姐要好，至少你不会把自己逼进死胡同里去，但是**人生其实**

不需要给自己打分数，也不需要承诺别人分数之类的事情。分数这
种东西，最好忘掉。"

　　但是我是先说，我可能做不到，让对方不要抱有太大的期望。
我解释。

　　"是这样说没错，但这也说明了，你还是很在乎别人的反应，
别人的反应其实没有那么重要，重要的是你自己对事情的看法。如
果太在乎别人对你的评价，就很可能会牺牲自己以满足别人。比方
说，要为 baby 如何如何牺牲之类的，但即使是为亲密的家人，某
些牺牲依然不值得。有些人会说，无条件的爱最伟大，但不管为什
么原因，那种必须牺牲自己才能展现的爱，绝大部分是有附带条件
的。人跟人的关系，只要附加了条件，就必然会产生压力。这世界
上，其实没什么无条件的爱。"

没有无条件的爱

先别说父母要求小孩要孝顺自己，光是爸妈期待小孩要回家吃饭，对小孩来说，就是一种压力。有些压力并不需要诉诸言语，光是一个表情，一句对话，它就会传递出压力。比方说，我经常打电话给妈妈，只是想问她好不好，想知道她在干吗。

但我妈一听完我的问话，想也没多想就回说："我在等你啊！"虽然我妈妈这样说并不是要给我压力，但一听到这句话，我立刻心跳加速，整个人都沉重起来。因为我并没有回家的打算，只是想打电话问候。又很怕坦白说，她会失望。

王医师以老练的口吻说："其实她就是忍不住。这是很典型的传统妈妈，虽然她并非故意的，但就是会讲出一些话让小孩有罪恶感。几乎 99.9% 的父母都会在不自觉中对小孩进行情感勒索，这种状况只会让小孩越来越觉得跟父母相处是被迫的，也无法享受跟父母相处的快乐，甚至觉得连跟父母通个电话都有压力。"

比起对子女进行有意识或无意识的情感勒索，我想成为"被需要"的父母。就"引诱"子女回家这档子事来说，我有个更好的办法。

前几天遇到一个男性朋友，跟他聊起让长大成人的儿女自动回家的方法。他说，他存了很多红酒，从儿子出生后，更是每年都买新酒。"你知道我为什么每年都要存酒吗？"他带着诡异的眼神看着我。我摇摇头。

他得意地笑说："如果我儿子以后要把妹，要耍浪漫，他就会需要红酒这种具备魔力的武器，他会跟我说：'爸！我要把一个1986年出生的妹，你可以给我一瓶1986年的酒吗？'这时候，我就可以把酒拿给他。除了红酒之外，我还存了很多其他的东西，让他不得不回来找我。"

我觉得他这个方法挺好的，也许我也可以存很多的名牌包，若干年后变得更值钱就不用多说了。更重要的是，如果我儿子要把妹送礼物，他得要回来跟我拿包包，这样也挺好的。哈哈！说笑而已……

但换个角度想想，万一他们想把的妹不喝红酒，不爱名牌包，那该怎么办呢？又或者，那些女孩把我们辛辛苦苦存的红酒、名牌包骗走了，却不跟我们的儿子谈恋爱，那该怎么办呢？

想来想去，还是多存点钱比较好吧！如果想要拿钱，总得要回家。

但我又决心要在我儿子十八岁让他找不到我，那么存这么多东西干吗呢？

啊……我怎么这么庸俗……

想着想着，心都烦了，没想到要成为被需要的妈妈还挺困难的。我又开始想得太多。

忽然间，我有点同情自己的妈妈了。

"其实亲子相处的关键在于自在，只要你想要抓住孩子，强迫他跟你相处，不管用情感勒索或是物质，对他来说，都会是一种压力。只要关系间有压力，就不容易轻松，所以，还是得找到让大家都舒服的相处方式才行。"王医师试着把我带出思考的迷宫。

啊！反正我的孩子十八岁就不需要我了，我也只想活到六十一岁，没事想这么多，何苦！

独处的必要性

你现在还会想要找时间独处吗？我问王医师。

"当然会，因为那是从以前就养成的习惯。"他点点头。

有些在相处上有问题的夫妻来向王医师问诊，他经常会建议他们暂时分开一段时间。

一段时间是多久？我第一时间发问。

"嗯。通常会建议五到十天，最好能越长越好，也许就一个人找个地方展开一段小旅行。"他说。

听到"越长越好"四个字让我很惊讶！

因为必须借由暂时抽离原本的环境，才能够让纷乱的情绪沉淀下来，认真地思考那些不满情绪与想法的源头，唯有厘清源头，才有机会找到解决之道。

在日常生活的夫妻关系中，经常会不自觉地累积许多负面因子，时间一长，这些因子堆堆叠叠就会产生意想不到的化学反应，累积成巨大而陌生的情绪怪兽，让人虽然觉得愤愤不满，却无法清楚说出造成不满的原因。只有暂时让自己独处，好好想一想，才有可能找出解决的办法。

但有没有人一去独处就再也不回来了呢？我很好奇。

"也是有极少数人会这样。也许就走上分手一途，但分手也是一种解决方法嘛！绝大部分的人，会在独处后厘清造成问题的真正原因，或至少比较清楚地知道——自己真正追求的是什么，才有机会找到解决目前困境的方法。"他解释。

所以，你现在还是会找时间独处？都做些什么呢？我把问题拉回原点。

"事实上，我到四十二岁才开始有固定一起生活的伴，在那之前，就算有女朋友处于恋爱状态中，关系也都很短暂。换句话说，与固定的伴侣相处，共同经营生活算是全新的体验，所以偶尔也会想暂时从固定的关系中抽离出来，好好想想这些年我到底有什么变化之类的。当我需要思考这类问题，我就会需要比较长的独处时间。"他解释。

现在还经常会这样吗？我问。

"我还是会找时间一个人旅行。"他说。比起刻意规划一个人的旅程，王医师走的是随性路线，通常会选择生活中突然出现的空当，而另一半没办法作陪时，他就会带着简单的行李，开车上路。

一个人沿路开车慢慢走，可以在路上思考很多事情。

但你一个人去旅行时，对方会抱怨吗？我问。因为这也是很多有固定伴侣，但又想独处或独自旅行的人常见的困扰。

"我们不会，对于这一点，我们的看法还挺一致的。"王医师说。

光是这一点，他们的相处模式就足以让很多人羡慕。

对于"自处"与"相处"，王医师分享了一个令我拍手叫好的说法：这是英国心理学家唐纳德·温尼科特（Donald W. Winnicott）说的，他认为完美的相处关系是"窝在爱人怀里孤独"（Dare to be lonely in someone else's arms），这是说，刚开始恋爱的情人总有说不完的话，但时间长了之后，总会走到无话可说的片刻，有些人碰到这种状况就会感到紧张与不安，生怕两个人的关系无法继续，但真正成熟美好的关系是——**即使两人暂时无话可说也无所谓，相对无言，就暂时沉默，可以静静地躺在对方的怀里孤独，这是两人相**

处互相信任的极致表现，也是最高境界。

这句话真的太经典了。

永无止境的孤独

世间大部分的问题都与"人际关系"有关，而人际关系的核心就是"相处"。话虽这样说，但我觉得，现在越来越多人连跟自己好好相处都没有办法。

"无法好好跟自己相处的人明显比以前多出很多，这个问题还挺难处理的，特别是陷入'永无止境的孤独'。"王医师神情严肃地说。

永无止境的孤独？有没有这么可怕？我在心里惊呼。

也许是看出我的惊讶，王医师认真解释起来："很多人——其中大部分是女生——外表长得不错，有经济基础，家世也很不赖，然后顺理成章结了婚，婚后发现婚姻生活不如想象，那时候就觉得，离婚没什么关系，也就轻易地离了婚。但她们在心里都相信，以自己优秀的内外在条件，早晚都会有一个伴，所以从来没有想过得去学习跟自己相处，等到时间过去，她们忽然发现，自己有可能不会再有伴的时候，就会陷入一种难以承受的恐慌。因为害怕自己习惯独处后更不容易有伴，所以她们拒绝学习独处，把所有的力量都花在找伴上。也许是因为企图心太强，所以在处理相处关系上太用力、太在乎，反而把对方吓走。相处上越不顺利，就越郁闷，越拒绝学习独处，打从心底否定自己可能会孤独的事实，于是，就越不快乐。

　　"其实，人过了一个年纪之后，追求的是生活，想要找的伴是一个可以轻松一起生活的人，没有人想跟不快乐的人在一起。于是乎，无法享受独处的熟女就越来越不容易找到伴，找不到伴又不愿意学习独处，试着让自己开心一点，就会一步一步把自己走向永无止境的孤独中。其实**学习独处是建立良好相处关系的基础，能好好享受独处的人，才能够跟人发展出美好的相处关系**。"这是王医师的结论。

说到这里，我忽然发现，也许自己真的也不需要花太多时间去思考关于相处的问题了，善于独处的我，应该也是个能以某种方式与其他人好好相处的人。哈哈！

建立良好关系的练习

"与人相处，进而建立美好的两性关系是可以练习的。"王医师分享了一个练习方式。台大社会系孙中兴教授开设了一堂名为"爱情社会学"的课程，这门课程很受欢迎，课堂上有个有趣的练习：孙教授发给每个学生一颗鸡蛋，要他们每天带着它，到下周上课时，得完整无缺地把鸡蛋带回来。

因为照顾鸡蛋跟处理人与人的关系很像，不能握得太用力，否则它会破掉，你也不能太忽略它，否则它不小心就被摔破。可以好好照顾一颗蛋的人，才可能好好处理一段关系。

好啊！那我就把它带回家放好，然后下礼拜上课再带去就好了啊！聪明的我立马想到破解之道。

"这也可以，不过，就算是这样，你起码得带着它出门两次。此外，你把蛋放在家里，也不能担保它不会破，比方说地震造成东西掉落，或是发生家人不小心把它打破之类的意外。"

王医师继续微笑着说："独处是相处的基础，有能力独处之后，才能真正与其他人好好相处。"

我可以好好照顾一颗鸡蛋吗？我问自己。

感情里的门当户对

小时候，祖母经常跟我说，谈感情门当户对是很重要的。比方说，我们家是念书的，所以你最好是嫁到书香世家里面去。

以前我并不以为然，慢慢长大，我知道两个人长久的相处，对于生活、生命、未来……彼此之间的价值观相近是很重要的。这才是所谓的"门当户对"。

有很多人迷恋恋爱中的"一见钟情"，特别是出身环境悬殊的爱情。比方说，琼瑶故事里的富家千金爱上穷小子之类的浪漫故事。也许是成长背景与社经状况天差地别的两个人特别容易互相吸引，可以从对方的身上寻得自己缺乏的东西，更别提，爱上跟自己完全不同的人，"其实两个人相爱相处，一开始需要火花，也就是化学反应（Chemistry），但真的相爱相处后，就需要很多的对话。有时候，背景差异大的两个人连好好对话都很难，最后难免走上分手一途。"王医师也附和地说。

不同的出身背景会影响人的生活价值观，相对地，也会影响到人与人间共同经营生活的相处。

不把专业带进相处中

王医师的另一半是婚姻咨询师。心理医生与婚姻咨询师的组合，应该算是旗鼓相当吧！所以，在面对问题时，你们会根据彼此的专业训练进行辩论吗？不知道为了什么，讲到这个话题，我整个人都兴奋起来。

"其实也不会。"这次王医师回答得很快，"不管专业是什么，在日常生活的相处上，人不可能随时随地进行辩论，这样的生活太辛苦了。生活是很直觉的，把专业带进生活里面是非常不好的。"

你终于承认，"道理只是道理"了吧！我开心地戳了他一下。

"应该是说，人跟人在生活中一定会有冲突，毕竟每个人每天都在进步在变化，就算是亲密生活在一起，朝夕不分开的两个人，进步的方向与速度也不可能一样。所以一定会产生差异，有了差异，自然会有摩擦。"王医师进一步解释。

"不管是不是心理医生或是婚姻咨询师，发生摩擦的第一时间，一定是根据当时的状况与直觉作反应，等冲突结束，冷静下来之后才会开始思考，刚刚的冲突是怎么一回事？这时候才会启动脑中'专业分析'的思考。但不能时时刻刻把专业分析这档子事带进生活里，因为**无时无刻不按照专业建设来过生活，一定会很无趣。而无趣，是相处关系最厉害的杀手。**"

坦诚的程度与信任之间

"从手机发明后，到现在智能手机的功能越来越发达，手机也成为相处关系中必须处理的课题之一。"顺着话题，王医师提到两性相处间最常出现的冲突引爆点。

"比方说，看手机的讯息内容之类的吗？你应该也不赞成情人或夫妻看对方的手机内容的吧！毕竟，这是隐私啊！"我直接问。

"与其说，赞成或反对去看对方的手机，我觉得信任才是问题的核心。"王医师解释。

怎么又是"信任"呢？在这一连串的访谈中，这个关键词不断地被提出。

"在相处上，如果你可以完全信任对方，对方也同样地相信你，两个人的关系才能够自在，关系自在以后，看不看手机这件事就不会成为一个议题。比起在一起，甚或是结婚，分手或离婚，反倒是更麻烦的事，需要处理的事情与细节更多。"他笑笑。

但你认为，人与人相处可以做到完全坦诚吗？我追问。

"说真的，我还是老话一句：信任要比坦诚更重要。"

在相处上，两个人都应该清楚让对方知道自己的底线，并且针对彼此的底线进行讨论，努力达成共识。但尽管是已达成共识的底线，如果日后双方对事情的认知有所差异，也可以随时讨论与调整，毕竟人是不断成长与演进的，今天的共识说不定过几天就不存在了，因此必须机动地调整，才能找到经营关系的最佳方式。

说了这么多，你会想结婚吗？我故意问他。

"哈哈！我随时可能去登记啊！如果有需要的话。"他干脆地回话。

话是这么说，不过，我觉得可以维持现况也很酷！千万不要为了别人的看法或世俗的需要去结婚啊！

解决性冷淡的方法

虽然很多人不敢承认，但大约有 95% 的夫妻，相处久了之后，就处于性冷淡的状态。这时候你会怎么建议呢？难得跟心理医生对谈，我得替很多有这种困扰却难以启齿的朋友问。

"关于这个问题，曾经有位来过台湾的专家提出过一种'极端'的建议。他建议有这种困扰的夫妻，可以一起出门旅行一趟，其中保留两个整天，那天的性完全由夫妻中的一方主宰，想要怎么样，有什么性幻想都无所谓，对方都得配合，然后隔天再交换。透过这样的角色的极端化来发现陌生的自己，也让另一半看到不一样的自己。"王医师建议。

其实不只是性，在现实的生活中也是这样。很多老婆在最初找对象结婚的时候，其实是为了满足自己在某些方面的需要，比方说安全感。而老公为了满足这个需求，不断地要求自己要努力赚钱打拼事业，以提供另一半安全上的需求。但若有一天，老公的工作不顺利，也不敢跟老婆坦白，只能闷不吭声地自己承受。如果这种时候，可以坦白地与老婆分享，或是在经济上由老婆主导一段时间，让老婆知道，其实老公是需要自己帮忙的，让老婆了解自己在生活中的价值，也让老公喘一口气，反而可以让人对婚姻关系重燃热情。

换句话说，在相处的过程中，互相被需要是很重要的事。

"但也得两个人都有同样的认知才行喔！"王医师强调。

哈哈！不过有性冷淡困扰的朋友们……还是先出门去旅行吧！

海誓山盟存不存在？

在两性关系上，你相信所谓的"海誓山盟"吗？

"这又是另一个层次的问题了，比起相不相信海誓山盟，我们应该要正视——人会不断地成长。"他点出一个很棒的说法。

　　在现实的生活里面，人是不可能不改变的，眼前说出的誓言，也许只要当下是出于真心的，就应该开心地相信与接受，但不必要紧守着不放。如果承诺可以成真，当然很好，但若不，也许只是因为时光的改变，使得某些事情无以为继罢了。

　　生活中的很多冲突与悲剧，就是因为大家太相信誓言不能改变，一旦有一方不遵守，就必须毁灭对方，或是让自己过度伤心难过。从另一个角度来说，为了怕对方失望，就算非常勉强了，也逼迫自己得谨守说过的话，无形中就带来太大的压力。这世上，没有在巨大压力下还可以营造的美好关系。

　　"事实上，心理学家弗洛姆（Fromm）曾经讨论过，由于人类太迷恋海誓山盟这种在现实生活里面难以存在的爱情关系，导致在很多爱情故事、电影里，死亡成为必要的存在，不管是《罗密欧与朱丽叶》或是《泰坦尼克号》都一样，毕竟，**只有死人是不会有改变的**。人只要活着，就会成长，只要成长就会产生差异，但并不是说，产生差异就一定不能继续两个人的关系，而是要试着在变化的过程中，欣赏对方，接受对方，让两个人的关系也可以跟着成长。不断地要求对方要忠于誓言，忠于自己，完全不能允许丝毫的改变与成长，就跟恋尸癖没有两样。事实上，在英文里面，恋尸癖（necrophilia）跟爱恋死亡是相同的字。"

所以说啰，海誓山盟这种事，也许只有刹那的赏味期限，只要在听到或说出的当下，是出于真心就值得了吧！也许比起紧守着曾经的誓言，在不断成长的动态人生里，不断寻找最佳相处模式，才是该努力的方向吧！这样不也让乏味的人生有趣多了？

不过，比起"变心"，"成长"这种说法，真是太棒了！

你在忧郁什么？

我……有点忧郁。可能因为快要生产，而我还没找到保姆。可能因为不知道真的当了妈妈之后，我的人生会变成怎么样。最大的可能是……我不知道我能否是一个好妈妈。

一天，我站在先生的书房门口，就这样眼神直定定地看着他。

"你怎么会来？"这是他看见我的第一个反应，因为没事，我不会进入他的书房。

我有点忧郁。我说。

"这样吗？"他想了一下，也没追问忧郁的原因，只是淡定地说，"那可以请你先帮我做中饭吗？"

我听完他的话，转过身进入厨房，开始集中精神做饭。说也奇怪，从开始做饭后，我的忧郁情绪就逐渐消散。

一边做饭的时候，我突然感觉，先生是聪明人，不会劈头就问我"你在忧郁什么？"。因为只要开这个口，就得展开讨论了，一讨论就得在忧郁的情结中纠缠，不一定会找到出口。如果纠结下去，情况只会越来越糟。于是，他找一件事让我做，把我带离眼前的问题与郁结的情绪。反正很多暂时处理不了的问题，时间到了自然有答案。与其忧郁未来的事，不如专注于眼前的生活。"毕竟，人生太悲惨，要及时享乐才行。"王医师笑着这样说。

是啊，虽然我提出了那么多的问号，那么多的忧虑，但基本上我心里是微笑的，对于未来，我还是很多的期盼，也越发知道，一人一个样，没有什么是一定的"答案"，当然更没有一定的"方式"，只能透过自我的了解、探索，然后找出一个舒服的方式与自己所有的好与坏、善与恶和平共处，然后才能想其他的。

看旅行网站上，某些游客曾建议，从哪里出发到哪里的巴士记得买右边的座位，因为右边风景比较好。从哪里到哪里的船，要买二楼的位置。我想起我的人生巴士理论。无论买的车票对还是不对，无论这辆车要去哪里，我有没有座位，总之，出发就对了。人生旅途的探险好奇，总比一切都可预知要好玩多啦！

更何况，到目前为止，这趟旅程是精彩，并且继续令我期待的。

曾经，我也哭着对我的母亲说，"为什么要生下我，如果世间那么多苦？"而今我感恩走到现在。原来生命处处有精彩，只有勇敢走下去的人才会发现。谢谢我的母亲和爱我与不爱我的你们，让我勇敢地走这一遭。未走完，但此刻满足喜乐。感恩平实生活里每一个踏实的小快乐。

对有些人而言，"负责任"需要很大的勇气。

而"一走了之"需要更大的勇气。

石头的独处训练 × 五月天石头

人生角色的掌握

"该怎样从读剧本中，分辨一个角色好不好发挥？"最近参与电影《百年告别》演出的石头，一见面就问我关于演戏的问题。

"这个问题很难一言以蔽之，角色好不好发挥，有时候光从剧本是看不出来的。"我不太负责任地回答他。

人们常说，"剧本，一剧之本。"除了是一部戏剧的文字陈述，是演员进入故事与进行表演的基础，也是导演与工作人员进行故事拍摄的拼图说明书。虽然剧本是我们一开始决定是否参与最重要与最初的依据，但很多时候，剧本跟最后拍出来的作品，根本不像同一个故事，所以想要光从剧本去判断角色容不容易发挥，并不是容易的事。更何况电影是群体创作，即便是独角戏，也非一人完成。就像是遵循着食谱步骤，每个人做出来的菜也有不同味道。

流泪并非悲伤唯一的表达方式

"这次电影中有一场戏，是要我看着婴儿床，表达悲伤的情绪。但当时我怎么样都没有掉眼泪的情绪，只是静静地凝视着那张床，接着导演就喊'OK'了。然后，摄影师就问我：'你刚刚怎么没哭？'但导演也说那样的表现没有问题，因为故事还有很长的一段路得继续，角色的情绪必须慢慢累积。如果在眼前这个时间点就崩溃大哭，整个故事到后面就不好看了。"石头分享他的经验。

当然是这样。不同的角色面对不同的悲伤会有不同的表现方式。**哭，并非唯一表现悲伤的方式**。

拍《人间四月天》的时候，有场戏是剧中的三位女主角接连知道徐志摩将过世的消息，如果三个女生得知消息后都无差别地哭了，这部戏就不好看了。这个情节的戏是三个人分开来拍的，而我刚好是最后一个拍。于是，导演跟我说："除了哭以外，你要怎么表演都可以。"

演戏有时候像是种传接球的练习。在表演的过程中，演员接到其他演员或导演传过来的球，经过消化之后，再把球丢出去。很多状况无法预先做好准备，只能根据当下的状况，见招拆招；就算是演独角戏，也必须考虑整部戏的脉络跟情绪。

不能哭而必须传达悲伤的方式。我想了一下。最终，我决定让故事里的角色去照照镜子，稍微打理自己一下，然后以缓慢的速度，仔仔细细地折徐志摩的衣服，安静地为他做最后一件事，来表达角色听到丈夫将死的悲伤情绪。

事实上，人在最悲伤的时刻，经常是流不出泪来的。我看过一部日剧，女主角以为男主角的妈妈将要过世，于是贴心地安排许多让她可以安心走的举动。然而男主角却说，人在面对重要的人离开之时，不就应该一片空白、手足无措，茫然地迎接悲伤吗？

我们只能选择最合适的方式，来诠释与安置自己的身心，不管是在戏剧中，或是现实的生活里。

独处在交通移动中

在乐团中担任吉他手，在电影演出时当演员，很年轻就成了家，不管是工作或是私下的生活里，总是"团进团出"的石头，怎么样看待自处这件事？如何找出自处的时间与空间？我问他。

"我的自处经常发生在交通移动中。"石头说，"在场景转换的交通过程中，是少数可以拥有的独处时刻。离开一个地方，前往下一个地点的过程中，我会把属于前一个地点与角色所背负的东西丢弃，然后，准备面对下一个场景与角色该有的状态。

"比方说，拍这部戏的时候，我会在前往片场的路上，准备好自己的情绪。也许是在心里背记演出的对白，也许是想象即将面对的场景与事件。像在这部戏中，肖邦的音乐是故事进行的主轴，所以我就会在车上听他的音乐，让自己进入演出的状态。

"演完戏、录完音或演唱会结束，在回家的路上，我会把自己工作上的一切暂时清空、遗忘。因为回到家之后，我的角色不再是乐手、演员，而是丈夫与爸爸，必须放下工作时的情绪，才能扮演好自己的角色。把在外面的情绪带回家里，对家人来说，是不公平也不需要的。有时在家时，老婆问起我工作的状况，我大多简要地三言两语带过。

"场景转换的交通时间，就是我处理自己情绪转换的独处时刻。"我只能说，石头，还好你住得很远，让你有足够的时间来处理这些。

他的答案让我想到李安导演。他常常在纽约工作，每天回家都得搭近两个小时的火车。我曾经在纽约陪他从工作室走到中央车站去坐车，途中我问：你为什么不搬到近一点的地方住？他回答："每天通勤的两三个小时，对我来说，是生活中极重要的片段。"

曾经有人说过：唯有在飞行中，可以找到自己。以前飞机上没有 WiFi，上不了网络也无法与他人任意连结，很多事必须停下来，也就可以真正的停下来思考，也就无法使用通讯软件，让自己的身心都处于独处的状态，才有思考的空间与可能。

"但现在就不一定了，我经常在飞机上完成很多事情，像最近刚剪完梁静茹的音乐。"石头说。

而我，无数的剧本、台词、短文也是在飞行中写作、阅读完成的。可以这么说吗？**在一个被赋予的独处空间里，我们决定做什么，或许也接近我们面对自己时的态度。**

不同年纪得处理不同的事

说到搭飞机，让我想起宣传电影《20，30，40》搭头等舱前往威尼斯与柏林影展时的事。

人到不同阶段，关心的事就完全不一样。就拿搭飞机的穿着来说，四十岁的张姐（张艾嘉）穿着轻松的运动服装就可以了，因为对她来说，没有比让自己舒服更重要的事；三十多岁的我，没时间多想这些，就是简单穿牛仔裤；二十多岁的李心洁，则穿了俏丽的迷你裙。

在飞机上的表现也完全不同，二十多岁的人，吃完牛排，就像已经换上睡衣般倒头就睡；三十多岁的人就战战兢兢拎着登机箱上飞机，然后拿出电脑开始工作，写演唱会的流程、剧本；四十多岁的人就是一边玩电动，一边担心飞机会坠毁。

"应该是说，你是工作狂吧！"石头笑笑。

其实并不是，而是人生在不同的阶段，本来就得处理不同的事。登机前，李心洁曾问我："你为什么要带那么大的登机箱上飞机？"她只背了一个小小的时尚皮包。我就说：因为我有很多工作得做。张姐的包包里则是放了毛毯之类的保暖物品。

上了飞机后，张姐裹着毛毯，让自己很温暖地躺在座椅里。飞机起飞后没多久，心洁就问："请问你有卸妆油吗？有隐形眼镜用的生理盐水吗？"之类的。然后我就像哆啦A梦一样，不断地从登机箱里拿出各种东西来满足她。

"这就是不一样年纪会做的不一样的事。"石头点点头。

不管你是什么状态上了飞机，自在？担心？忙碌？不管是什么，三个人还是平安愉快地完成了旅程。

独处者的伙伴

有时候我觉得，老天爷帮所有人都做好了配套措施。如果你是某种人，身边必然会安排另一种人来补齐你的不足。

"就是所谓'互补'吗？"石头说。

很多年前我跟慧伦去看房子，当时我们都没有购屋的经验，于是，我们都带着各自的姐姐。到了购屋现场，我们就像是局外人般晾在旁边，都是两位姐姐在跟房屋中介问东问西，不断议价，讨论购屋的种种细节。

站一旁的我在想，是因为有这样的姐姐与家人，我们才不需要去了解这些事；还是因为我们不了解这些事，姐姐们才被逼着不得不去学习，来协助一无所知的妹妹呢？会不会是因为她们的帮忙，我才有机会成全自己的独处呢？

我们会成为某一种人，也会成为别人需要的那一种人。

独处时并不会感到孤独

"独处，对我来说，是需要练习的。"石头很认真地说。因为是五月天的一员，演出时，经常团体行动；加上很年轻就结婚生子，石头相当擅长团员与家人相处。对他来说，"自处"才是需要训练的课题。

"虽然一直处于周围有朋友亲人陪伴的状态下过生活，但我知道，身为人类的我，总有一天得面对与自己的相处。因此，我必须训练自己独立完成许多事，并且设定不同的目标，不断地强迫自己学习。

"就拿买房子来说，我会找很多的资料来研究，不管是地段的选择或是价格的合理性，我都想要把它弄清楚，不想让我太太为这件事烦心。

"我还会妥善管理自己的健康，不论是饮食控制或运动训练，都会做完善的计划，然后认真地完成，不管是跑步或是骑单车，都是只有自己一个人。有时候，就算有朋友陪伴，但过了一段时间后，由于大家的体能不一样，总会有落单的状况，这时候，运动除了是体能训练外，也是我的独处训练。

"是的，我必须训练自己独处。因为终究有一天，我得面对这样的状况。"这就是每个人得面对的不同课题。对我来说，独处从来就不需要训练，那是一种本能。我需要做的训练是"相处"。

"与人相处需要训练？"石头脸上浮现不敢置信的表情。

当然。我毫不犹豫地点头。

我的训练课题是——得适应生活空间里面有其他人，并且在维持"自处"的状态底下，跟他们好好地相处。这其中包括了我的工作人员、家人、朋友，甚至是肚子里的新生命。

这世界上大部分的人都害怕孤独，很怕这世界只剩下自己一个人。于是，为了远离孤单的感觉，强迫自己与其他人相处，以为群聚可以带来安全感。其实并不是这样，当你发现独处的美好时，就会无法自拔地爱上它，能够**品味独处的美好，在我看来，是人生中最好的一件事**。

"所以说，你从没想过要远离孤独？"石头问。

从来没有。不只如此，我从不讳言，自己是个热爱"自处"的人。

"孤独"是一种心理的感受，与周围有多少人或有没有人无关。事实上，一个人独处所感受到孤独感，经常比不上身置人群的"孤独"。"自处"则必然是一个人的状态，虽然，也有人会说，他可以在人群中自顾自地"自处"，但对我来说，那是有点不一样的。

习惯独处的人都知道——人独处时，并不会感到孤独，反而是一种享受。不过，有些事只能意会不能言传。我试着问石头，进行独处训练后，有什么样的心得吗？发现独处的美好了吗？

"嗯。独处的美好吗？应该有吧！"他像品尝红酒般，把话含在口中半晌后说。

感谢你泼我冷水

"有人说过你这几年的变化很大吗？"我问石头。

"有。很多人都说我以前比较活泼。"石头无奈地笑了。

活泼？比较正确的形容应该是"放浪不羁"吧！我纠正他。

"如果要这样形容，大概是吧！以前的我做事比较凭直觉，不太在意别人的眼光。现在的我，做任何事都会想比较多。"他解释。

这样的改变，对一个人来说，究竟算不算好呢？我在心里嘟哝。

你会觉得越来越无趣吗？我接着问。

"有。我老婆就这样说过我。"石头拉高声调回答。

因为年纪越来越大，经历的事情多了以后，就习惯性地把事情拆解，企图了解事物后面可能隐藏的道理与意涵。或是理性分析让自己做出正确的决定，甚至是从别人的观点设身处地再去看一次这些事。一旦开始这样做之后，就会不自觉地失去天真的乐趣，而变得认真起来。

"有一次老婆跟我分享一则有趣的影片，影片中有一个农夫，打了喷嚏后，所有的牙齿都掉了出来。她本来预期我会跟其他人一样，看了影片哈哈大笑出来。哪里知道，我正经八百地告诉她，这影片不可能是真的，一定是某人或公司想要展现自己操作 3D 动画的能力，制作出这样的一部短片。从运用的特效来看，这部影片的成本大约要多少钱，花这么多钱，背后的目的一定不是为了博君一笑这样单纯，肯定是为了招商之类的目的。"石头正经八百地说明，"老婆听完我的说明后，脸上的笑容瞬间消失，皱着眉头说：'你很无趣欸！'"

　　我跟我先生是完全不同类型的人，他是学经济的，总是会理性地用数字去分析问题；而我，通常会比较讲究感觉，因为这样，我们看事情的角度和深度经常不一致，除了可以产生互补效果外，在相处中还经常发生泼对方冷水的状况。

　　"那你们都怎么解决呢？"石头问。

　　解决？不太需要解决啊！你不觉得在生活中有个可以互泼冷水的人挺好的吗？这也是夫妻相处的乐趣之一，如果有一天，连泼对方冷水的动力都没有了，才比较容易出问题吧！

　　"但是我现在都不太敢泼我老婆冷水，我怕她会生气。"石头说。

　　假如不泼冷水，给她一个假装的附和反应，比方说"那个什么什么好棒喔！"之类的，再搭配适度的点头与笑容会怎样呢？我语气夸张地说。

　　"那我老婆一定会觉得我很假，因为很容易一眼看穿啊！"石头笑着说没错。话是这样说，但有时候想想，眼前的这个人愿意花时间跟精力附和我，哪怕带有敷衍的成分，至少证明他是在意我的，总比充耳不闻好太多了。

　　或许有天，我们会感激对方，至少他曾经"泼过我冷水"或"敷衍过我"之类。就像，有时候我演"认同"，试图敷衍我老公被他识破时，我就会开玩笑地说："你知道我是艺人，就算现在不算是一线明星，也算是脱线明星，演一场戏很贵的！更别提，这场戏还专程演给你一个人看，而且我还素颜，你算是赚到了！"听完我的话，石头开心地笑了出来。

　　"幽默"对我来说，绝对是相处最重要的方式。

一个人的旅行

有些人喜欢独处，却因为生活改变的需要，必须学习与他人相处，比如我；有些人喜欢群聚，却因为偶然发现独处的美好，开始训练自处，比方石头。

即使到了现在，我还是会想一个人去旅行。因为在一个人的旅程中，只身前往语言不通的异国，可以清楚地确认——自己在天地间独立且安静的存在；透过与自己的对话，得以重新认识自己；如果在旅程中遇见些困难或小意外就更好了，它会让你知道自己有能力独自处理某些事情。无论如何，独自旅行是学习享受独处重要的一课。

你想过自己一个人去旅行吗？我忽然想起问。

"嗯。"石头想了好几秒才吞吞吐吐地说，"如果我一个人去旅行的话，我的老婆、小孩要怎么办呢？老实说，现在的我，比起去思考一个人做什么事好不好之类的，我更容易考虑到，如果我一个人去做这些事，家人要怎么办呢？"

那你老婆会想要一个人去旅行吗？我接着问。

"她没有一个人去旅行过，她会跟她的朋友、妹妹一起去旅行，把小孩留给我带。"这次他犹豫的时间比较短些。

这样啊！石头果然是一个需要练习独处的人，在他的目前人生经历中果然很缺少这一块……不过也许他根本不需要这一块。正当我这样想时，他突然说："但是我有一个人留学过。"

当时五月天因为怪兽当兵暂停活动，石头利用这个空当到英国念录音工程。为了考验自己的生活能力，他选了个治安不是挺好的区域居住，把独自完成留学课程当成是人生的一大考验，每天战战兢兢上课学习，并练习一个人在异地生活。

"虽然，半年后，我就把现在的老婆带过去（当时还没结婚），但当时还是不确定自己是不是有能力完成这件事。直到真正完成

五月天石头

对谈

孤独

在你怀里

我敢

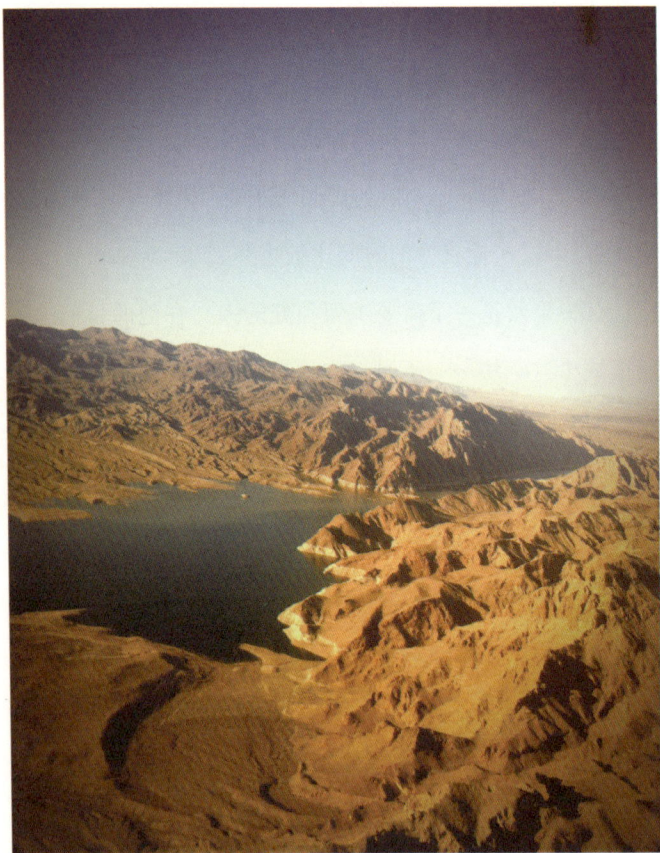

后，那种成就感真是难以言喻。因为我的工作总是团进团出，生活
也总是有家人陪伴，很少有机会可以自己独立完成一件事。完成在
英国的课程，让我发现，啊！原来可以靠一己之力达成目标，那种
感觉比大家一起做完一件事，有成就感多了！"

　　从那之后，石头就展开一连串的独处训练，开始享受独立
完成某件事的快感。也许就是从这里，他开始走向享受独处的
人生。

　　但，如果可以，我真的挺想建议他，去展开一个人的一段旅
行。因为，那真的可以让人对生活有不同的体验。（亲爱的狗狗，
不要骂我啊……）

适度的寿命与长寿的理由

还有什么是你想做的吗？我问石头。

其实，我想问的是，除了一个人旅行外，他还想做些什么独处尝试？没想到，他正经八百地告诉我："活得久一点。"

石头是一个顾家的男人，他想活久一点的理由很单纯，就是想看到孩子平安长大成家立业。为了达到这个目标，要求自己健康饮食，规律地运动维持体能，甚至开始研究《黄帝内经》（这点跟卢广仲一样，他们可以当好朋友了），努力让自己活久一点。

这一点就跟我完全不同，我希望自己不要太长寿。虽然我不是一个讲究养生的人，但起码生活作息很正常，也努力保持运动习惯，但我始终认为人不需要活得太长，适度就可以了。

"多少岁算适度呢？"石头问。

如果有人在一年前问我："你想活多久？"我会毫不迟疑地告诉他，到六十岁就可以了。

"那现在呢？"石头迫不及待地追问。

六十一岁。我以冷静的语气回复。

"为什么要多一年？"他不解。

我开玩笑地说，因为我想照顾到小孩十八岁，所以得活到六十一岁。哈哈。但生命长短这件事，并不是单靠小心饮食经常运动就可以保证长寿的，因为即便保持健康不生病，还是可能会发生意外。更何况，这年头早睡早起不烟不酒，也不保证不会得癌症，搞不好多吃几滴地沟油，多闻到一点油烟或接触到致命的病毒，就可能一命呜呼。

"虽然这样，我还是得尽量努力。万一真不行，至少要活得比老婆久一点。"石头说。理由很单纯，因为不舍老婆面对失去自己的悲伤与处理后事的烦琐，所以希望老婆先离开。聊到这里，我耳畔不由自主地想起江蕙的名曲《家后》。

"但如非死不可，我希望自己可以爽快地死去，最好是心肌梗塞之类的，一口气喘不过来就挂掉，而不是得癌症或其他慢性病，得拖累家人长时间照顾我……"石头启动脑中照顾家人的程序，深思熟虑地进行临终状态的沙盘推演。

一个人消磨时间的方式

请推荐最适合独处时的一本书、一首歌与一部电影。我出了个题目给石头。

"书的话，《庄子》；歌的话，还不知道，等我独处时写完再告诉你；电影的话，《魂断蓝桥》。"石头给了我三个很文青的答案。

"那你独处时会做什么呢？"石头反问我。

　　最近都在玩线上游戏，我理所当然地回答，他听得很意外。

　　有人问我，放假期间你最想做什么？我不必多想就可以告诉他：现在我最想跷个二郎腿，身旁只要音乐、泡面、可乐、手边几本不用动脑的书、一台 iPad 就满足了。

　　说到这里，我发现，尽管自己是一个喜欢也擅长独处的人，但有另一个人纵容我的独处，这应该是一种幸福。

　　进行着相处训练的我，以及进行着独处训练的石头，像探索着对方的领域般，充满着好奇与新发现。下次再遇见时，我会不厌其烦地问着进行独处训练的他，愿意自己去旅行了吗？

我敢

在你怀里

孤独

对谈

五月天石头

我不怕末日，因为我们会在一起。

我不怕末日，因为我期待重生。

我不怕末日，因为我对于已经历过的，

感恩与满足。

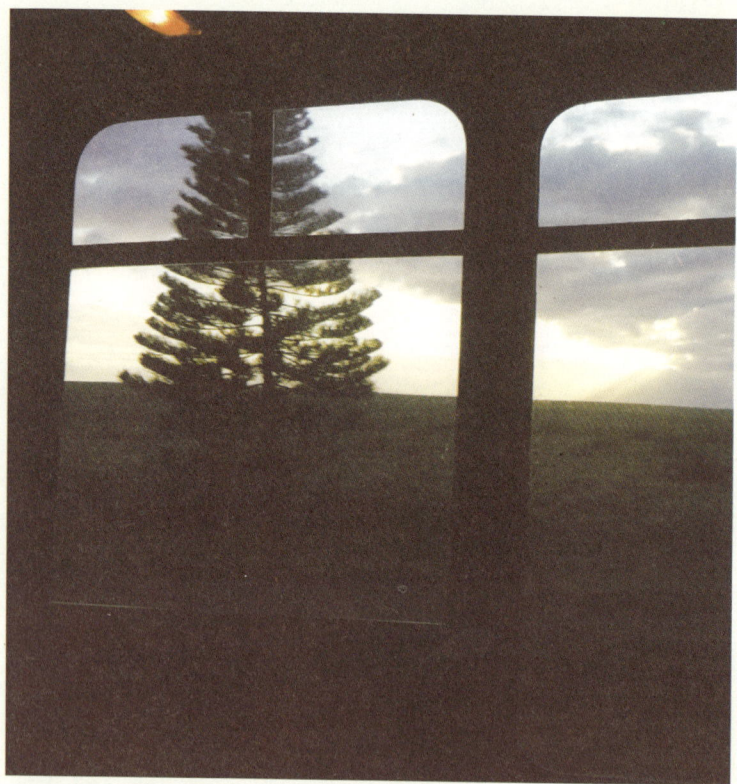

再漫长的一天也有说晚安的时刻。

再丰富的人生也有说离别的时候。

我们曾在这个日子里期盼、狂欢、哭泣、拥抱……

随着岁月的洗礼，我更加珍惜节日的平静。

一个人，两个人……有没有人陪？

都记得摸摸自己的头，祝福自己"情人节快乐"。

值得宣导的独立婚姻模式 × 詹仁雄

应该很多人会很惊讶我们俩是好朋友。

他交友广阔，应酬很多，也能从中得到乐趣；而我，最痛苦的事情莫过于应酬了。当然，这种"好朋友"的定义绝不能以见面的次数来决定。而是一通电话，彼此就能进行非常残忍、幽默，但诚实的对话。

我们的话题从青春开始

他是詹仁雄，知名的电视制作人，《康熙来了》《大学生了没》《华人星光大道》……一大堆族繁不及备载的热门节目都是出自他手。他的另个身份是作家人二雄，平均每年出一本书，早年画漫画，近几年写旅行、设计、两性，他的脑袋闲不下来，很多产。

但回想我们认识之初，他还不是王牌制作人，我也只是唱片公司的小助理。那时每日午起晨归，生活过得汲汲营营。我们各自的小公寓，中间隔着一个小夜市。

那还是能抢到一个免费的停车位，就可以高兴一整天，觉得自己被神眷顾的青春时代。想起因为找到免钱的车位而面露开心笑容的自己，感觉似乎还活在昨天，却相去非常久远。这让我想起了张姐唱过的一首《短歌》："青春它径自走了／也不管我多舍不得／其实我也晓得／它陪我够久了。"

"你不觉得有趣吗？有个跟你差不多时间来到地球的人，后来你们住隔壁，还变成朋友？"老詹问我。

我跟老詹就是这样的，生日只差一天，在同行里打混二十年的朋友。要与他对谈，自然从"青春"两个字开始……

你要选时光机还是任意门？

跟詹仁雄约在老家附近的巷子里拍照，那是我们年轻时住过的城市一角。以前，祖父的老房子在附近，那是一幢宽宽大大的日式平房，相较于大家都把老房子当宝的现在，当时住在老房子里的我，只觉得老房子的问题挺多，漏水、老鼠横行、隔音不佳……遗憾年轻时的我并不懂得欣赏它的美好。现在回想起来，总觉得心里尽是满满的温暖。

老房子早拆了，巷子里突然凹进去的一块地，现在成了小公园，摸得着的东西消失了，摸不着的画面还在脑子里。

那大约是1991年左右的事。当时，我们都很穷，当唱片助理的月薪只有区区一万元。就算后来出道当艺人了，却还是只能领一千多元的通告费，最高纪录有八个月没钱缴管理费。想起从前，我忍不住苦笑。

"我们的青春几乎是重叠的，一起经历过台北第一次政党轮替、第一条捷运通车、唱片业的黄金年代与台湾电影最惨淡的时期。"老詹用念历史课本的语气说着。

他一直是个让我觉得像"对手"般的朋友，讲话可以很直接，人生历程上也有很多类似的地方。像伟忠哥之于他、升哥之于我，永远都是徒弟心中伟大师傅的身影。直到现在，伟忠哥还跟他同在一个办公室，而我与升哥依旧师徒相称。

我们还继续信仰着某种旧时代的价值观，例如说"忠诚"。

面对过往的青春，我们能够承认时间逝去，但无法接受"人生就这样了"的心态。我觉得，詹仁雄就是很怕"人生就这样了"的人。以人生的成绩单来看，论作品他有过，论收入也不缺，如果想要退休，好像也不是不行，但他继续拼着命做网络剧、搞电影、做杂志、写书，他就是那种不放弃未来任何一点点可能性的人。"还早呢！人生！"他仿佛不断地这样说。而我，虽然总是忙碌，却常不忘记自我提点，生命里应该坚持一点舒畅的慵懒。

"如果小叮当给你时光机与任意门，你要哪一样？"老詹在巷子里看来起码有四十年历史的木头大门前，提出这个看似无厘头的问题。

"我是太爱面子的人，表面上老是装得豁达，其实心里往往后悔万分。所以如果时光机与任意门让我选，我一定选时光机。"我想了想后，诚实地回答。

"那，如果给你时光机，你想回到什么时候？"听出我话里情绪的老詹接着问。

"如果有机会回到过去，可能我会选择五年前。"我说，"那一年我失恋了，以我很没办法接受的那种方式结束了爱情。我曾经那么努力地维系的一段关系，突然之间就分开了。但是当时我还是有自信地认为，就算分手了，我一定也可以好好地面对与处理分开的后续种种。

"但出乎意料的是，我没自己想象中那样坚强。自己以为可以，却意外地发现无能为力时的挫败感，让我更难以忍受。感觉上，好像前一分钟和这一分钟的世界就截然不同了。当时很低潮，做了一些不是很理智的决定。直到现在，我有时候会忍不住地想，如果当时做不一样的决定，现在的我会变得如何？"

人之所以会想回到过去，是因为想改变过去曾做过的那些决定，当初如果做了或没做什么，现在就可能会如何如何之类。如同身为一个演员，或多或少也会有那种心情，一些推掉的戏，结果大红了，心里难免会想："当初应该选拍哪部片啊！"但事后回想，有更多电影是"幸好当初没拍"的。

我一直记得张姐跟我说过："演员一生拍过几部片不重要，但被人记得住几部片很重要。"我说：一生遇见几个人不重要，深刻的有几个比较重要。

对于这种心情，老詹有个很传神的比喻："德国有位建筑师凡德罗说过一句名言，less is more，少就是多，其实放诸四海皆准。"

是啊，电影如此，爱情如此，人生亦如此。

朋友开不开心决定我是否开心

我的独处出自于怕麻烦。怕约人、怕失约、怕迟到，怕约好我突然不想去，怕去了以后后悔。因为怕的事情多，索性还是独处好，幸好，我还挺爱独处的。

但生活在群居社会，还是少不了要过群居生活，像是"交际应酬"。我曾经很努力地学习交际应酬，像是参加圣诞慈善募款舞会。当时的男朋友很贴心地买了两张票约我一起去。那是很正式的舞会，一定得穿礼服，为了不让男友失望与自己失礼，妆发穿衣搞了一下午，但到了现场，待没半小时，男友突然问我要不要先回家？他说他看着我难受，大家都尴尬，于是我就起身离开了，因为我觉得自己杵在那儿很辛苦，别人也不知道该拿无法融入环境的我怎么办才好。继续待下去，对彼此都辛苦。

老詹在相处应酬这方面的能力比我强很多，他能言善道，讲话戏而不谑，朋友很多，交际应酬既是他工作所需，也是天分所在，"所以，交际应酬是会让你开心的事吗？"我问他。

"其实对我来说，大多数的时候是朋友开不开心，决定我是否开心。"他面露腼腆的笑容说，"这大概跟我的成长背景有关，我是家中的老幺，年纪跟我最近的哥哥都大我八岁，虽然兄弟姐妹很多，但基本上是像独子的一种状态。所以我从小就很会看人脸色，察觉环境的变化，同时根据环境的需要，调整自己的角色。于是，家人朋友的开心与否，决定了我是否开心。

"像我这么爱旅行的人，每年过年却一定都待在台湾，因为我太喜欢全家人在一起的感觉了。你知道一个大家族是有很多事要'乔'的？这个有意见，那个不高兴，但我很乐意为了群体的和乐，扮演家族里面润滑剂的角色。我想这样的个性，也投射到我跟朋友的交往上。"

对于交朋友这件事，我是怕麻烦，他则是甘愿麻烦。

他对交朋友很贪心，什么样的朋友都想要。会把朋友依功能分类，而且分得很细，哪些朋友是用来吃饭喝酒，哪些是用来谈天说地增长见闻，跟不同功能的朋友在一起，他也会调整交友模式。

他解释："例如，我跟某位朋友可以聊艺文话题聊得很深入，但就是没办法玩在一起；有些朋友则可以一起玩，但谈不了正经事。男人很有趣，不论多么功成名就，都会有一个很坏的猪朋狗友，我觉得是人性里面卑劣的那一面，需要某个人来补足……

"但现实上，你不可能什么样的朋友都要，当你把感情分散给每一位朋友后，其实你对他们来说也不是唯一的、不可替代的存在。到了我们现在这个年纪就慢慢地知道，功能性朋友的交往多了

一些目的，却没办法真正交心，也无法为你的人生带来更多正向的
力量。"

　　想想，我的朋友呢？是否也会区分成不同功能的？我似乎完全
无从分类，大概就是熟的、不熟的，信任的、不信任的……

　　"刚刚聊到时光机，如果能够回到青春，我会在交朋友这件事
上机车一点，甚或是，主动一点，不是被动地等人家来认识我，而
是主动结交我想认识的朋友。"老詹说。

　　只是，时光机与任意门的选择题里，只因为朋友的关系，你才
选择时光机的吗？

要能够自己与自己对话才行

　　有些人看起来喜欢独处、需要独处，但实际上或许不愿独处，
也不会独处，只是环境所迫，不得不独处而已。

事实上，人是否能够独处，有时不在于个人的需要，而在于外界的看法，像詹仁雄，我觉得他的独处与相处的界定，跟很多人一样，即在于此。

"朋友这么多，一个人独处的机会应该不多吧？"我问他。

"如果待在家里，一个人自处没有问题，我可以一天看掉十五集影集。我念大学就开始独居。你知道，自己住久了，其实对于生活的细节是会有一些很奇怪的坚持，例如说，我挂牛仔裤的方法跟一般人不一样，或是椅子得怎样摆才好看。

"后来，我发现如果两个人住在一起，男生要有一点粗糙感，以免把自己照顾得太好，另一个人进来的时候会显得有点多余，跟你的生活没办法完全融合。

"我觉得独处这件事，是现代人必须具备的一种能力，但是我并不鼓励。像你任何事情都能自己一个人去做，一个人去看电影或旅行，这点很厉害，我就做不到。"他解释。

"没办法一个人做这些事的原因是什么？"我不解，因为我超喜欢一个人行动耶。

"心里觉得有些事就是该两个人或一群人去做的，像是我不太能一个人吃饭，没办法自己看电影，两个男生约了看电影，感觉有点矫情，应该就是一男一女或一群朋友去看。我也没办法一个人去唱 KTV，那实在太丢脸了！"最后一句是刻意要酸我的吧？

"你总有过一个人旅行的经验吧？"问老詹最爱的旅行，我期待会有不一样的答案。

"我觉得一个人旅行超痛苦！现实的状况是，交通或餐饮一群人都比一个人好处理；然而心理的状态是，旅行在我心中，还是属于应该一群人去做的事。

"有次跟另一位饮食旅游作家叶怡兰聊一个人旅行，我觉得要享受一个人旅行得像怡兰一样，必须看到画面就能够产生很多联想，能够与自己对话才行。"

后面这句话讲到重点。没错，我就是那种很擅长跟自己对话的人。但我以为同样是双子座的老詹，也有这项本领呢。

婚姻不必把两个人的独立性给破坏掉

有没有什么年轻时觉得很可惜没做的事呢？既然我们的话题从青春开始，那就聊聊年轻时候的事情吧。

"都很满足了，若真要说有什么遗憾的，也许只有年轻那时真的应该好好地做电影或戏剧，然后吃苦个十年，或认真谈场恋爱！"老詹想了一下回答。

对我来说，我倒希望自己可以再疯狂一点，再多一点旅行，虽然也觉得谈太少恋爱了，但人数或次数对我来说意义不大。因为我对于爱情这件事，可以自我完成很多的过程，我不需要实际去做这件事情，只要脑子不停止转动……

讲回真实的恋爱。我觉得相处起来很自在的关系，是可以两个人一边看杂志、一边聊天。一定要是杂志，手机不行，看书也不行。

老詹不懂差异在哪，我只好一一说明：用手机，你是在跟别人在另一个空间里沟通，会分心，没那么纯粹；看书需要专心不被打扰，不适合聊天；看杂志可专心可中断，仍是身处在两个人的空间里啊。所以我说，只能是看杂志。

"我记得你还是单身的时候，有次在微博 PO 了一张照片，下面的文字写着：'旁边的空位是谁呢？'谁？别骗了，那个空位就是你自己！你根本并不需要其他人来坐那个位置！"想起往事，老詹夸张地对我这样说。

他说这句话的眼神竟然让我想到一部影集里男主角说，"要是一个女人什么事情都能一个人去完成的时候，这个女人就完了。"

可是我觉得这样挺好的。我要去看电影吃饭逛街什么的，是真的不会打电话约人，像前几天我要去"简单生活节"，也是决定一个人去，在那边才遇到朋友。

"我说的是不是超准？你都已经结婚了，还是选择一个人去！"老詹像算命先生般地指着我的鼻子说。

我不假思索地高声反驳："那是因为我先生出差啊！"

"那他在的话，你会拉他去吗？"老詹满脸狐疑地看着我。

"嗯……重点是，他一回来，下飞机第一件事情也是去简单生活节。他选择跟他的朋友一起去。"这下子，换我回答得吞吞吐吐。但是我得意地说出我的论点："我想，男生一定很期待婚后生活是这样子，对不对？不用一直两个人去完成一件需要互相配合的事情。还可以保有单身时的自由之类的。"

老詹倒是给我一个让我相当安心的回答："这很有趣啊，婚姻这件事情并没有把两个人的独立性给破坏掉，很酷！重点是男生会很感激！"

"对啊！你不觉得这件事情很棒吗？绝对值得宣导，哈哈！"
说到这里，我不由自主地得意起来。

我先生平时自己去朋友家，时间到了我就去睡觉，我只要记得
不要反锁门就好了。

或许，婚姻制度，并不是真的有那么多的"非得如此"的规
则。两个人自己谋合好属于自己的相处模式就够了。

如果我没有出现，就表示我真的在活着

聊到微博，我们顺势聊到现在各式各样的"现身法"。

"那，老詹你的微博呢？"我问他。

"我的微博如果比较少去更新，就会有人留言：你很久没来啰。
看到这种留言，我都很想留一句话，'如果我没有出现，就表示我

真的在活着。'"有种人确实是这样，**没消息就是好消息**，他一定过得很好所以没有出现。比方说老詹。

可是像我这种，没有消息一定就是有问题，因为我觉得诉苦不能解决问题，而且是再度伤害，所以当我什么都不说的时候，就表示我正面临了某种问题。

像我跟他这样并不常见面的好朋友，每每相约总还是唇枪舌剑。正如他所知道的、我所知道的，甚至是你也可能知道的……我们从青春相伴走来，经历了多少风雨波折，但至少在我们这个年纪，都还学会微笑着自嘲，还能在面对面时，狠狠地攻击对方。

绝对要记得，某一天，绝对别让谁在对方的丧礼上致辞，那可是会让逝去的那方都气到会跳起来回话的啊！

我总爱怀旧，也发现到很多人喜欢怀旧。然而现在就是未来到过去，也许我该更加珍惜当下，而不是一直缅怀过去。希望老了以后，"怀旧"现在的自己，是如此地丰富精彩。

晚安，现在、过去、未来。

有时候，纾解一个人的方式，不见得是你为他做了什么，
而是他知道，你在，就够了。

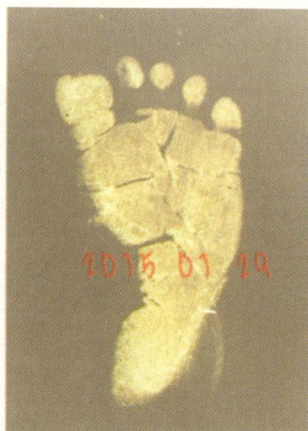

2015 01 29

奇妙的过程，开始奇妙的旅程。

让我们陪你一步一步慢慢走。

文
景

Horizon

社 科 新 知　 文 艺 新 潮

我敢在你怀里孤独

刘若英 编 / 著

出 品 人：姚映然
责任编辑：王　玲
装帧设计：陆智昌
美术编辑：梁依宁

出　　品：北京世纪文景文化传播有限责任公司
　　　　　(北京朝阳区东土城路8号林达大厦A座4A 100013)
出版发行：上海人民出版社
印　　刷：北京汇瑞嘉合文化发展有限公司
制　　版：北京大观世纪文化传媒有限公司

开 本：820mm×1280mm　1/32
印 张：9.25　字 数：123,000
2015年6月第1版　　2018年5月第14次印刷
定 价：45.00元
ISBN：978-7-208-13031-9/ I · 1383

图书在版编目（CIP）数据

我敢在你怀里孤独 / 刘若英著. —上海：上海人
民出版社，2015
　ISBN 978-7-208-13031-9

Ⅰ.① 我… Ⅱ.① 刘… Ⅲ.① 散文集–中国–当代
Ⅳ.① I267

中国版本图书馆CIP数据核字（2015）第106273号

本书如有印装错误，请致电本社更换 010-52187586